RITA'S
TAGEBUCH

리타의 일기

안리타

—

누군가는 자신을 말해야겠죠,

서서히 비웃다가

모두가 대명할 때까지,

리리리 일기 / 01

FRI 3	SAT 4	SUN 5

가만히 앉아 있었다, 가만히 앉아있으면, 한 자세에서
창밖만은 바라보는 앵무새아저씨처럼, 긴 목을 내밀고
그러다가다 내가 사람인 것도 잊는다, 사람이라
믿었던 마음도, 이쯤되면 식물이라 불러도 되지
않은가, 그런 의문도 있는다 /

       한낮처럼 밤 안에 앉아
       햇살의 뒷면을 그루 홀로 있는 것을
       바라본다,

창밖의 매서운 추위, 두꺼운 외투를 입고 지나갈
사람들의 목소리, 지구하는 차들의 굉음소리,
그런 것들은 무관한, 한낮, 세상에 없는 어느
~~시세상에서~~ 시간 안에 앉아있다,

지난 몇 시간의 간식을 반갑지 않았다,
새롭게 쌓아올라, 이 삶이 서서히 뒤어지고 있다.
기억은 시간의 묵게을 갖고 뒤받티는 것이거나 말았다,
아니다, 그것은 완전히 잘못된 생각이다,
너는 모른다, 아무것도 모른다, 내가 어떻게
울었는지, 어떤 자세로 살아냈는지, 얼마나 크 오래
울었는지, 한 없이 흘러넘어지는 사랑그려를
너는 모른다.

—

추억은 시간을 따라 잊혀지는 게 아니다, 그냥
파묻을 것이다, 한꺼번에 쏟아실, 나오면 다죽어,
그렇게 묻어두는 것이다, 썩지도 않는 슬픔이라,
등지고 더면하는 잔인함이다, 추억은—

맑은 벽지나 공기의 무의미하다, 지마나

지워지지 않는 어둠을 지난 채 살아간다,

한 사람을 키우려, 오래된 병을 지나치며

모든 것이 존재하게 이전되, 모든 것이

지나가 난 후의 풍경을 다린다.

어제나 오늘의 마음이 다르듯, 사건은 이미

한 사람에게 하나의 서은 그것으로,

쓸 적의 모든 것이 지나가 난 후의 어둠으로

생각한다.

허물고 싶은 그 마음까지를 허물고싶다

말을 하지 않아도 말을 굳이고 싶다

너머지기 직전의 말을 삼킨다 —

가을 걸어나며, 나녁없이 걸어보며,
이제 여기서 부터는 기억 입니다, 앞서는
꽃대가 들리며, '돌아나보기 어렵습니다'

나는, 또 하나의 세계로 넘어갔고,
동시에 누군가 걷기 시작하며 / 이름없는
사람들, 자꾸만, 먹먹한 발자국을 찍는

사람들 —

나는, 멈추지 않기위해 구속은 가로지려
계속 하여서 벗어나야야 하며,
내가 이룬 것들을 등지고, 떠나야야 하며,
떠나가면서, 계속해서, 뒤돌아 볼지라도 ,

기억은, 독서 우체상으로, 사라지며,
이제 혼자라서 장면을, 감당한채, 잠들며,
볼 없는, 기억을 , 나를 가득하게, 숨이되리,
처음이 되다

세상같은, 축복을, 시간에 있는가, 침묵에 있는가,

여기는 모든 것, 때가 되고, 흙이 되고 남는 것은, 영원히 눈물이려니 ——

마음밖에도 무엇이 있을까, 내게서 살아가는 모두들, 값 살아내고 있으리,

오래전 죽어의 돌께 현위쏙뒤께서 우여히 사자 하장을 발견했고,

그 속에 서 있는 나를, 내가 바라본다 / 어쩌젓아지 않 수 없기에

나아가 않 수 없는 나를, 마치 잃어버린 흔색을 바라보는 듯한,

~~애잔함~~ 애잔함이 묻어나, 그녀가 웃고 있는것, 울고 있는것 · 잘

구분되지 않았고, 나는 지금 사진에 없어서, 그녀에게 없은 가리다

각으도 사진도 흐릿하은 (흐리든) 그리하여 넘쳐 서버는 하이 있어,

흔적을 보고 찍었다고 지나버린 시간이, 이곳, 나의 숨는 침해하더니,

어이어이 아프, 내가 한바로 장머로도 마주보질 없는 그 어려이

강심부를 매만지나, 잊어버린 아프, 지워진 아프, 사라진 아프, 그길

하써, 내가 분서했던 아프, 물론 나는 그는 모르나, 그것도

흥사하게가 아나, 상상께다 그만이니까, 그러나 그, 한장너

사진도, 마치 어욱 속에 없는 널대며, 내가 갔던 내부는 따뜻하

게 바늘 것 같아, 무어가 거기에 ~~박~~박혀했다,

나는 있었고, 나는 있었다, 눈든 그믐이나, 나는, 지는 날이라

창가에는 뭉치를 담아낸 적 없는 빈 화분이
있다. 달빛이 화분의 곁에 내려앉는다,
빛의 섬세한 손길, 주변을 감싸고 돌고 있는
텅 빈 적요만으로 그것의 내부에는 긴장감이
돈다, 신비하고 고요히 나머지 어둠로차
그것을 구속할 수는 없는 듯하다, 그안에,
무엇이 가득 존재하는 것처럼, 내부에 모든걸
아늑하고 품은 것처럼, 혹은 무언가를
비우고자 하는 결연한 의지처럼, 온기를
감내하지 못한 한 사랑처럼, 차갑고
서늘한 둘레, 그 자체가 고결한 정신의것처럼,

이런 식으로안로로 무한한 가능성의 공간이
생겨난다, 아무것도 없는, 침묵이 러어서야
그것을 완전한 존재감으로 입요하는 것이다,

언제부터 놓여 있었던 건지 거기 가만히 자리를 지키고 있는 빈 화분이 있다. 집을 둘러보니 장식품이라 할만한 사물은 하나도 없고, 공간은 정갈하다 못해 심심하기까지 하지만, 드문드문 들어오는 사물들은 나의 취향이 고스란히 반영되어 가지런한 존재감을 드러낸다.

'무용하고 예쁜 것'은 언젠가 버려지게 되어있다. 수십 번의 이사를 하며 종국엔 실용적인 사물들만 남게 되었다. 그러니까 텅 비어 있는 것, 토분이나 캠퍼스 같은 것, 여백을 위해 만들어진 것들, 양보하기 위해 만들어진 이차적인 사물들, 채워지기 위해 비워진 것들. 미적인 것과 관련 없어 보이지만,
간혹 주인의 취향에 따라 달라질 그림을 떠올리는 것이 흥미로운 것처럼 언제나 준비가 되어있는, 예견된 사물들. 앉기 위해, 담기 위해, 울기 위해, 쓰기 위해, 적기 위해 같은, 대체로 무언가를 위한 사물들만 곁에 남아 있다.
그리고 나는 너무나 오랫동안 쓸모를 잃은 사물처럼, 사용되기를 염원하며, 오지 않는 이들을 기다린다는 사실을 상기한다.

침묵이 점령한 삶에 기대어 누군가를 떠올린다. 가령 비어있는 사람, 너무나 비어있어서 그 무언으로도 가득 채워질 수 있는 사람.

물이 너무 무용해서 슬픈 장면들을 떠올리다

산지 않는 집, 열어 본 적 없는 문

이 문장은 너무 슬픈 기분이 든다!

걸어본 적 없는 길, 꿈꿀 적 없는 꿈,

안아본 적 없는 손, 자본 적 없는 밤

담은 없는 눈, 만난 적 없는 일

이라 달아라 책을 마지막 문장,

마지막이적 없는 마지막,

마지적 없는 끝처럼,

무언가 쓰려는 마음에 내가 다치지 않기 위해서도, 나는 펜을 내려놓고 가만히 가만히 바라본다. 창밖의 세상을, 흘러간 사람들 그리고 쓸 수 없으며 쓰여지지 않는 모든 문장을 향해서.

거리의 흰 눈이 녹는 동안 테이블 위에 놓인 잔 속엔 아무것도 없었네. 그런 글을 쓰고 싶다. 무의하고 무해해서 아무 일도 아닌 글, 지루하고 권태로운 삶에 흥미가 많다. 거리에 세워둔 차들의 전조등이 꺼져 있었고, 차는 밤새 세워져 있었고, 거기엔 어쩌면 고양이 한 마리가 지나갔을지도 모른다. 라고 나 하나쯤은 그런 문장을 쓰고 싶다. 화병의 꽃은 여전히 꽃이었다네. 라던가 네모난 창문을 바라보며 그냥 앉아 있었네. 무슨 생각을 하는 표정이지만, 실은 아무 생각도 하지 않았다. 같은 글. 심심한 새벽이 다가오고 있었다는 글. 아무 생각 없이 지난 하루가 괜찮았다는 글. 세상은 내게 너무 자극적이고 나는 거기서 한 발짝 물러나 사는 삶을 보여주고 싶다. 그러나 이런 문장은 왠지 슬픈 풍경 같다.

무언가 힘을 꽉 주었을 때의 간절함보다는 내려놓았을 때 더 간절해 보이는 것처럼. 깍지를 낀 손보다 입술을 모으는 침묵이 더 기도다운 것처럼. 누군가의 가만한 뒷모습이라거나 단절된 침묵이 더 슬퍼 보이는 것처럼. 세상의 모든 슬픈 장면보다 서서히 눈을 감는 장면이 더 슬픈 것처럼. 단아한 문장을 쓰고 싶지만, 매번 실패한다.

⚜

고작 이 글을 쓰기까지 몇 번을 엎고, 다시 쓰기를 반복한다. 그렇게 한 계절이 흘러가고 있다. 무모를 향해 앉아 있는 내 모습을 지켜본다. 이따금 이롭고, 이따금 해롭다. 그리고 자주 고독하고, 그리고 그런대로 괜찮기도 했다.

⚜

나에겐 마음을 설명하기 위한 이차적인 단어가 많이 필요하다. 그러니까, 세상엔 희망과 절망이 실은 같다는 것을 설명할 단어는 없다. 감정의 세부를 의미할 단어는 어디에도 없다. 인간은 늘 세상을 이분법적으로 바라보고 정의를 가둔다. 그러니까 '이따금 이롭고, 이따금 해롭다.' 그리고 자주 '고독하고, 그리고 그런대로 괜찮기도 했다.' 이것이 하나의 마음이라는 것을 나타내기 위해서 너무 많은 말을 허비해야 한다. '어둠 속으로 미미하게 밝아지는' 사물들을 둘러본다. 그것은 '고요하고 시끄럽다.'

January

mon	tue	wed	thu	fri	sat	sun
						1
2	3	4	5	6	7	8
9	10	11	12	13	14	15
16	17	18	19	20	21	22
23	24	25	26	27	28	29
30	31					

오늘은 바깥에 나가서 불필요한 대화를 했고, 무용했다. 타인을 만나 말을 뱉다가 나를 뱉어내고 말 때의 수치심을 느낄 때가 있다. 익살스러운 얼굴로 귀가해 용서되지 않는 표정을 얻게 된 밤이 있다. 도무지 성립하지 않은 관계 속에서 회의를 느낀다. 그때 내게 말한다. 기분을 연장하지 말라고.

어떤 대화는 어긋난 계절 같아서 서서히 꽃잎이 가장자리에서 말라가는 기분을 느끼곤 한다. 그때, 물 주는 마음 같은 것에 집중한다. 물 주는 마음 같은 것. 하나의 세계가 하나의 세계를 살리는 장면을 떠올린다. 물주는 마음으로.

어떤 결정된 가치관을 기준으로 타인을 판단하거나 대화를 이끌어가는 이들을 보면 내가 들어갈 자리가 없고, 인간적인 배움과 지혜도 없어 보인다.
쉽게 타인에게 무언가를 강요하고 권하거나, 조언하는 사람들이 있다. 거의 대체로 나보다는 자신의 앞가림을 못하는 사람일 확률이 높다. 타인을 걱정하느라 자신을 돌보지 못한 자들의 열등과 그것을 드러내지 않기 위한 자기기만의 속살이 선명히 보인다. 타인을 염려하는 방식으로 자신의 자존감을 보상받고자 하는 심리 같은 것 말이다. 말은 한 사람을 보여준다. 그럴 때, 눈치채지 못한 척 듣고 알았어, 한 마디를 웃으며 건네고 만다.

그리고 뒤돌아서서는 그런 이들을 나의 생태 밖으로, 아니, 이 우주 밖으로 가능한 한 멀리 밀어 놓는다.

화려하고, 야망이 크며, 교만한 사람을 최대한 멀리할 것.

✦

들키기 쉬운 결점은 누군가를 교란하기 위해 거짓의 향기를 풍긴다. 존재감을 드러내기 위해서, 살기 위해서 그렇게 하지 않으면 스스로 용납이 되지 않기 때문에, 무언가 고상하고도 가치 있는 듯한 확고한 자아로 자신을 포장한다. 그러나 그것은 대단한 무엇이 아니고 결핍과 나약을 메우기 위한 정당성에 불과하다.

그 사람이 고집하는 어떤 대단한 신념을 접할 때, 나는 되려 그의 결점이 잘 보인다.

인간은 저마다의 환경 속에서 자신을 보호하기 위한 방법을 찾고, 개개인의 삶 속에서 자신에게 유리한 생존의 방식을 취한다. 우리의 이념과 사상은 그렇게 만들어진다. 내가 확고하게 믿는 신념은, 실은 절대적 정답이 아니라 처한 환경에 적합한 진화의 방식이고, 잘 살아남기 위한 뇌의 각색이다. 우리는 우리의 결핍이 유도하는 삶의 방향이 있다. 그러니까 하고 싶은 말은, 정해진 삶의 형태는 없으며 각자의 생존법이 있을 뿐이고, 그것을 모든 사람에게 대입시킬 수 없다는 사실이다. 단지 우리는, 자신에게 유리한 방향으로 자신을 이끌며 나아가 볼 뿐이다.

❖

어떤 식으로든 우리는 나아가야 하는 존재이며 각자만의 믿음은 좋은 삶의 방향을 지시하므로 모두에게 이롭다. 그러나 그것은 오로지 각자만의 것이라는 것을 알았으면 좋겠다.

❖

나는 확고히 피력하는 관념에 반기를 들고 싶다. 인간이 대단한 무언가를 하고 있다는 착각에 등을 돌리고 싶다. 우리는 아무것도 아니라고 말하고 싶다. 그것이 진실이라고 말하고 싶다.

인간은 마치 영원히 인간일 듯 산다. 우리는 마치 영원히 살아갈 듯 산다.

나는 불편한 진실*이 조금 더 잘 보인다. 너무나도 선명한 기쁨과 환희, 동시에 쾌감의 배후에 도사리는 끔찍한 추악, 위선과 위악, 속임과 거짓까지 잘 보인다. 세상은 내 곁에서 전혀 다른 풍경을 드러내고, 그것을 설명하기란 여간 쉽지 않다.

이 순간에도 우리는 자신의 정당성을 확보하기 위해 얼마나 자신을 속이며 눈가림하려 하는지, 왜 인간은 끝없이 진실에서 멀어짐으로써 존재를 인정받고자 하는지, 타인 혹은 세계 속에서 우리는 왜 보고 싶은 것과 듣고 싶은 것만 듣고, 알고 싶어 하는 것만 알고 싶어 하는지, 왜 우리는 진실을 있는 그대로 받아들이는 것에 모든 힘으로 부정하고 마는지, 인간은 진실을 똑바로 주시하는 것에 선천적인 불안과 공포를 느낀다고 생각할 수밖에 없다. 내가 바라보는 모습은 늘 화려한 향기 뒷면의, 사람의 가장 못생긴 얼굴과 추악과 나약이다. 누군가는 이런 글을 읽는 것이 굉장히 불편하여 알레르기를 일으킬지도 모른다.

✦

드러나지 않는 진실 발설하기. 끔찍이 마주하기. 직시하기. 도망가지 않기. 드러날 때까지 인내하기. 나는 이전으로 돌아갈 수 없는 세계로 발을 들였으므로 더는 돌이킬 수 없으며, 모든 것들로부터 발생하는 현상을 받아들이기로 한다. 보고 싶지 않아도 보이는 것에 관해서도.

✦

개별적 세계를 거부하는 대화가 있고, 지켜주는 방식으로 대화를 지속하는 사람이 있다. 실눈을 뜨고 흰자위를 자주 보이는 마음은 거울처럼 반영되어 나를 그 못생긴 얼굴로 비춘다. 문을 열면 동굴을 보여주는 이와, 우주를 보여주는 이가 있다. 대화하다 보면 말이 멎는 사람이 있고, 끊임없이 무한한 세계를 유도하는 사람이 있다.

점차 확장되며 내게도 이런 것이 있구나 하는 것을 보여주는 자와, 어떤 마음을 시작하기도 전에 폐쇄된 방을 보여주는 사람도 있다. 관계는 단지 상상과 연결, 가능성과 확장이기에 계속 부딪히는 것이 아니라 통과하도록 놔두는 이들을 나는 더욱 애정 하게 된다. 나는 마음의 고갈로 인해 영혼이 내 몸보다도 작아질 때, 시간과 거리를 갖는 편이다. 누군가를 만나면 서로가 딱 그만큼 마주보기 때문이다.

❖

쓰다 보니 이글은 당신 이야기 같고 또한 너무나도 내 이야기 같다. 주로 한 사람의 마음에는 종지그릇부터 태평양까지 크기가 동시에 있는 듯하다. 어떤 마음에 닿아 바늘구멍에서부터 무한대까지 확장되는 것 같다.

❖

나는 생각이 확고한 사람들을 믿지 않을뿐더러 생각을 믿지 않는다. 그건 언제까지나 삶을 살아가기 위한 하나의 자세일 뿐이다. 그것이 절대가 되면 우리는 생각에 갇힐 수도 있다. 그리하여 생각할 때, 나는 생각에 심

취하기보다는 생각을 생각한다. 생각하고 있는 것이 누구인지를 계속해서 묻곤 한다.

생각은 시시때때로 나의 가장 연약한 곳을 찌를 준비를 하고 있다. 그러나 생각이 나를 다치게 할 수 없다는 사실을 상기한다.

⟡

생각을 드러내고 싶지 않다. 그건 굉장히 위험한 일이라 생각한다. 누군가를 죽일 수도 있는 일이라고, 나는 이 생각이 이따금 무섭다. 생각은 움켜쥐는 것보다는 그것을 내리쳐 깨뜨리는 일에 가깝다. 그럼에도 나의 직업은 생각을 멈출 수 없는 일이기도 하다. 작가는 생각을 들키는 일이 잦기 때문이다. 나는 이 모순 속에서 용서를 구하는 글을 쓸 수밖에 없다. 다시금 인간으로 되돌아와 죄를 묻는 글을 쓸 수밖에 없다.

⟡

만약 누군가 더는 생각할 수 없음에 이르렀을 때, 그는 분명 신의 목소리를 듣거나 신이 된 자이다. 그들은 분명 글 따위는 쓰지 않는다. 모든 생각을 뛰어넘어 생각이 없는 차원에서 살아가기 때문이다. 그러나 그런 이는 거의 만나지 못했고, 그들은 들키는 일이 없다. 나는 그들을 대단히 존경하기에 높이 바라본다.

❖

불현듯 어떤 말이 떠오른다. 존재는 결국 생각이 만들어낸 환이라고. 생각은 단지 낮에 꾸는 꿈이라고. 나는 그 말에 동의한다. 생각은 단지 제어 가능한 인간의 환(幻)이다. 확고한 모습을 띠는 환상, 이 상은 순차적으로 정렬되어 보인다는 것을 제외하고는 우리의 꿈과 전혀 다르지 않다.

생각은 나를 가장 잘 속이는 위험한 몽상이다.

❖

생각과 나를 분리시키자, 생각이
매몰되기를 경계하며, 자기 격리라 하자 —

긴 겨울은 혹독하고 나는 조금 더 슬픔에 가까운 사람이
된다. 나의 먼 기원이 어디서부터 시작되었는지는 모르
겠지만, 삶은 언제나 불편한 진실*을 드러내기를 숨기지
않고, 나는 언제나 슬픔이 더 살갑다. 누군가 이 글을 읽
으면 어둡다고 말할 수도 있겠다.

그러나 현재의 나는, 나의 글보다 슬프지 않아.
나는 내가 지만 그것을 직시한 채 아무런 감정
이 없다. 다만 감정의 흑사에를 관찰하고
기록할 뿐이다.

가끔은 곤혹스럽다. 슬픈 글을 쓰면 자꾸만 슬픈 자들
이 모여든다. 나는 슬픈 사람이 아닌데, 슬픈 글에는 자
석이 있는 것 같다. 슬픈 자는 슬픈 자를 구분하는 눈이
있는 것 같다. 그러나 나는 슬픈 자와 동류가 아니라는
말을 하고 싶고, 다정함이 슬픈 색을 띨 수도 있다고 말
하고 싶다. 삶의 색채가 이러한 것일 뿐, 이것은 슬픔과
는 무관하다.

❧

이것은 슬픈 문장이 아니다. 슬픔이나 기쁨이라는 감정
은 내가 아니다. 나는 두 개의 전혀 다른 궤적을 왔다 갔

다 하며 저마다가 만들어 간 세상을 바라본다. 나는 슬픈 자가 아니라 슬픔을 바라보는 자로서, 그것을 가만히 주시한다.

그것에 동의하를 시도하는 것도 주체자로서 태도가 아닌 것이다. 감정에 지배당하는 삶을 스스로 노예가 되기를 강요하는 것 같다. 나는 주체자로서 내 세부적인 감정에 개입하거나 귀속될수 없다.

✦

나는 슬픔이 내재된 자들과 슬픔을 지켜보는 자를 구분한다. 슬픈 자들은 실은 슬픈 것이 아니라 슬퍼지고 싶어 하는 자들이다. 그러니까 슬픔에 중독되었다는 사실을 모른 채 계속 그것에 맴도는 사람들이다. 나는 그런 이들과는 무관하다. 불편한 마음을 들여다보되 정체 없는 슬픔에 기울어지지 않았으면 하는 마음이다.

✦

우리는 오늘도 우리 개인의 슬픔에 몰두하느라 타인의 슬픔을 거의 모두 지나친다.

모든 탄산의 공허함 잔재가 가득하니,

해장을 개지면 매케함 여기가 난다

엉클어진 마음을 무료 기분으로 웃고 싶어지는 것인데

그럴때, 나는 내 곁에 앉아 볼 밝히고

고요한 고백과 함께 마음의 타래를

풀어본다

활자와 시름하느라 원활한 신경의 배선이 어그러져 버렸다. 그 상태로 한 주가 지나간다. 망가진 신체 예산 능력을 되찾을 것, 광합성 하기, 비타민D와 세로토닌 수용하기, 코르티솔 관리하기, 실내에서는 자주 눈을 감고 따뜻한 해안의 출렁이는 물결을 떠올리기, 림프샘 마사지하기, 깊이 호흡하기, 반복적으로 내쉬는 호흡 속에 나를 뱉어내기, 숲을 떠올리기, 손끝과 발가락 끝의 촉감과 바람 같은 것만 떠올리기, 그러면서 코끝의 숨에만 집중하기.

겨울은 나를 내안에 오래 가둔다,

나는 나를 벗어나는 기분을 실감하기 위해

거의 모든 시간 바깥으로 계속 거닌다,

걸고, 걷는다

/ 02

처리해야 하는 일이 산더미 같다. 이건 내가 원하던 삶이 아니다. 몇 번의 전화가 울렸고, 산책을 위한 전화를 제외하고는 나는 아무도 받지 않았다.

❖

아무도 산책에 대해 궁금해하지 않는 것 같다. 내가 궁금한 사람들은 도심으로, 실내로 자주 불러들인다. 나는 거의 동참하지 않는다. 할 말이 없을뿐더러 산책해야 하기 때문이다. 산책에 관해서라면 할 말이 많지만, 아무도 그것을 궁금해하지 않기에 나는 궁금한 사람이 없다.

❖

창밖으로 혼자 온 딱새가 외마디 울음을 짓기 시작한다. 딱새는 무리 지어 다니지 않고 혼자 논다. 혼자 놓인 울음은 더 크고 잘 들린다. 눈을 감고 새소리를 듣는다.

❖

창을 열자 자연의 살냄새가 훅 밀려 들어왔다. 나는 그 냄새의 감각을 일부 지니고 있다. 나를 살리는 냄새 말이다. 그래서 종종 살 비비러 나간다.

그것에 기대고 싶은 마음이 있어서, 죽어가는 것들에 자꾸만 살아 있는 것으로 열을 내기 위해서, 살아 있는 냄새를 맡으며 살아있음을 실감하기 위해서.

꽤나 깊은 우물을 가진 나는 빛이 닿지 않는 내면까지 햇빛을 자주 쐬어줘야 하고, 몸에서 자라나는 물이끼를 자주 닦아줘야 하며, 바람이 가지 않는 구석구석까지 환기를 시켜줘야 그래도 사람 구실을 하고 산다. 그리하여 거의 모든 시간을 산책에 공들인다. 나는 계절성 기후 장애를 자주 앓고, 충분한 바람과 태양을 처방 받아야 한다. 특히 혹독한 겨울에는 더더욱 그렇다.

강아지와 함께 산책하는 견주들의 발걸음은 헛된 풍경 속에서도 내게 좀 더 다정한 인상을 준다. 그 장면은 내가 가장 잘 알 것 같은 마음이나. 아무런 목적 없는, 그저 앞서 걷는 강아지를 따라 예측하지 않는 길로 걸어가는 이의 뒷모습은 그림자가 없다. 기의 모든 견주들은 자신이 어디로 가는 줄 모른 채, 그저 반려견을 따라 걷다

멈추고, 걷다가 멈추기를 반복한다. 다만 양쪽으로 고개를 자주 돌려 위험 요소로부터 주의를 기울이면서, 산책이라기보다는 거닐다, 라고 말하는 것이 나을지도 모르겠다. 걷는 자와 달리 거니는 자의 발걸음은 무게의 축이 전혀 느껴지지 않는다. 세상의 중력으로부터 생각과 마음의 끈을 놓고 마치 나비의 날갯짓처럼 거닌다. 슬픔과 기쁨도 지니지 않은 채.

걸음에도 여러 모습이 있지만, 성급하지 않은 이들이 만들어 가는 장면은 자신들의 시간을 조금 지연시키고 그 안에 한 사람을 오래 머물게 한다. 오래 깊이 들여다보게 한다.

⁌ ⁌

어스름이 내릴 무렵이면 어김없이 도로는 귀가하는 차들의 행렬로 꽉 찬다. 이 시간 이 장면을 꼭 마주하고야 만다. 어쩌면 살기 위해서, 절실히 살아가는 사람들의 고단함과 간절함을 맛보기 위해서, 따뜻한 가족이 있는 집들과 밥 냄새가 나는 보금자리로 귀가하는 사람들의 심정을 느껴보는 것으로써 그들과의 유대감을 갖기 위해서,

보통의 삶을 상상하기 위해서, 나약과 권태 속에서 제조되는 슬픔을 멈추기 위해서.

나는 세상을 깊이 바라보는 것만큼 자신을 이룬다는 사실에 가능한 많은 것을 감각 속에 담아내려 노력한다. 외부에서 벌어지는 일들을 끝없이 바라보고 그 장면으로 들어가는 상상을 멈출 수 없다. 나는 내가 아는 것이 거의 없다는 입장을 취한 채 세상을 계속해서 탐험한다. 많은 것을 이해해 보려고 노력한다. 이해가 되지 않을 때는 그 삶에 직접 들어가서 타자의 정신에 동화하는 마음으로 알아가려고 한다.

나는 매 하루, 마치 예를 다하듯 사라지는 모든 것들을 곰곰이 바라보는 일에 거의 모든 시간을 쓴다.

글 쓰는 사람은 내 것 아닌 것에 조금 더 상상해 보는 자이므로, 그리고 동시에 아주 가까이에 있는 슬픔을 바래는 자이므로

쓰는 동시에 모든, 살아본 적 없는 세계가 귀퉁이에서 무수히 미끄러진다. 모르는 삶이 눈앞에서 모른 채 사라진다.

차도를 보다가 지나가는 버스에 탄 모르는 여자와 눈이
마주쳤다. 버스는 모르는 여자를 모르는 곳으로 데려갔
다. 이윽고 여자는 모른 채로 나의 우주를, 태양계를 완
전히 벗어났고, 약간의 속력과 엇갈린 시간의 길이 만들
어 낸 우리 사이의 거리감이 아득했다.

어제도 오늘도 이곳에 앉아 미지로, 내 사경 밖으로 미
끄러져 간 차량을 바라본다. 내가 예측할 수도, 관여할
수도 없는 삶의 반경 밖으로 모르는 자들이 모르는 곳으
로 넘어간다. 또다시 모르는 장면이 속수무책으로 또다
시 눈가를 파고들었다가 점차 어두워지는 풍경 속에서
모두는 붉은빛을 내며 사라졌다.
이번 생에서 만날 수 없는 사람들이 이 순간에도 계속해
서 발생과 소멸을 반복하고 있었다.

거의 모든 하루가 심오 아며 덩 반 사체들로
거성되어 있기에, 종종 인간이 공허하고, 허무한
기분이 드는지도 모르겠다

그래서, 삶은 단지 사라짐의 반복과 흔적이고,
존재는 그것이 지나온 자리를 기억하는 것뿐이라는
생각이 든다,

❦

나는 내가 너무 작아서 세계에 관여할 마음의 시력을 갖
지 못했으나 내 속에 불현듯 엎질러져 버린 타인을, 존
재의 외침을, 그리하여 또 하나의 삶을 키는 환함을, 놓
지 않고 있다.

가장 춥다는 한 겨울 한파에도 한 여자는 늘 같은 시간에 나와서 앉아 있다. 우리는 늘 같은 옷을 입고, 같은 표정으로 매번 마주친다. 본 적 없는 얼굴을 하고서. 저 여자는 언제부터 앉아 있었을까. 여자는 나보다 먼저 오고 나보다 늦게 간다. 여자는 고개를 숙이고 있고, 여자는 간혹 하늘을 본다. 우리는 서로 모르는 척 나란히 앉아 있었다. 서로를 몰라도 알 것 같은 마음이 힐끔 그쪽을 향하고 있었다. 밥은 먹었는지, 춥지는 않은지, 나는 말을 걸기에 매번 실패하고 만다.

우리는 들키고 싶은 마음까지 닿지 않는 방식으로 어깨를 스친다. 서로는 들키지 않을 만큼 곁눈질을 하고, 다시금 모르는 척한다. 궁금한 마음이 그쪽으로 달려가기 전에 길을 돌아 걷는다. 그러는 동안 들키지 않는 여자를 계속 떠올린다. 아무도 관여하지 않기에 한 사람을 더 한 사람으로 깊어지게 하는 시간을.

삶은 결국 한 사람 안에 갇혀 있고, 거기서 그가 어떻게 슬퍼했는지, 어떻게 생존했는지는 아무도 알 길이 없다. 그렇게 너무 많은 세계의 엇갈림을 볼 때, 생의 외로움은 더욱 아득하게 느껴지고 혼잣말은 결국 닿지 않는 마음을 향해 계속해서 고백하는 말이 된다.

우리는 각자가 해석하고 바라본 하루를 내부로 모조리 집어삼킨다. 잠식된다. 침몰한다. 깊은 밤이 찾아들면 드디어 모두는 더더욱 혼자인, 각자의 우물 안에서 자신의 두 다리를 굽힌 채, 아무에게도 들키지 않았음을 안도한다. 그리고 그 안도가 이내 나를 집어삼킨다는 것을 슬퍼한다. 그렇게 하루 이틀, 한 해, 두 해가 지나간다.

마음 밖으로 몰아낸 사람들로 가득하다. 누군가의 눈빛이 스칠 때면 우리는 어딘가 깊은 웅덩이에 빠진 것 같다. 제 안에 깊이 빠져 세상을 바라보는 사람이 있어서, 눈 맞춤은 이따금 살려달라는 외침이 되기도 해서,
'감지 마세요, 가만히 바라보고 있어요, 우리.'
그런 간절한 마음이 서로를 꼭 동여매고 있을 때. 삶은 두 개였다가 하나가 되기도 하는 것인데, 스쳐 가는 슬픔만이 가득할 때, 저마다의 세계는 또다시 한 뼘씩 깊어진다. 세상엔 저마다의 우물이 너무나도 많다. 제 안에 갇힌 자들의 독백은 모두 다 밤의 침묵이 된다.

- 물의 입자가 땅 바닥을 가득 메웠고, 오래 부서버린 고목만이
잘 보인다. 사람들은 고개를 숙이고 빠르게 지나갔다.
검은 사냥 속에서도 슬픔을 들키지 않는 방식으로 걷 보였고,
어깨를 부딪치는 슬픔이 웅크려들었다.

얼지 않은 먹먹함이 조금 흘렀다. 사람들은 어디로가
모두 사라졌다.

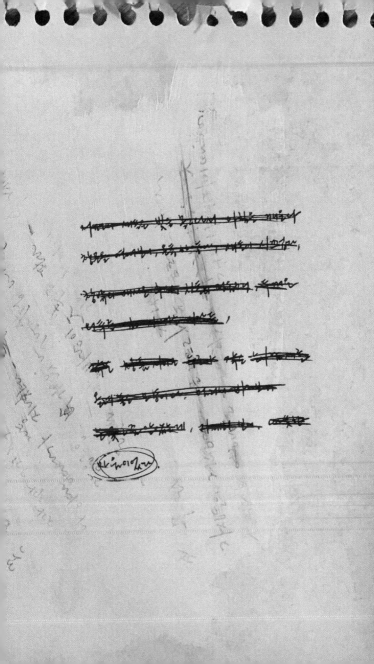

오늘도 밤 산책을 나섰다. 온종일 내린 눈은 그대로 얼어 있었다. 앙상하고 야윈 나무마다 흰옷을 입었고, 덤불의 가지와 나무 둥치 위에도 얼음꽃이 피었다. 아무것도 쓸 수 없었지만, 무엇이든 쓰도록 하는 것이 있는지 찾기 위해 나는 다시 거리를 나섰다. 나는 어디에도 없는 방위를 향해 오래 걷고 걸었다.

겨울은 왜지 광대한 기분이든다, 마음에 붉게진 방이 많아서, 희미한 시서라 암흑 속에서, 거리의 윤곽만 숨숨하게 드러났다, 앙상한 자세들, 저 혼자 흔드 거며 저 혼자 비비는 모든것들과 오래,

인간은 껴입는 보호의 방식을 택하고, 마음은 숨기기 위한 털이 많아 덥다. 나무가 맨몸으로 고행에 나서는 동안에 나무와 달리 인간은 켜켜이 껴입고 거리를 걷는다. 영혼이 식어가는 날에는, 눈가며 손끝이며 추위는 한 사람을 얼리려 들고 나는 나를 녹이려 애쓴다. 이런 계절에 모두는 어떻게 견디나, 궁금하다. 어느 곁에 비벼야 하나. 겨울, 더 비빌 마음도, 부릴 잎사귀도 없다, 소리마저 찾

아들지 않은 숲, 한 사람의 존재를 서릿발 소리로 들려주는, 한 사람의 떠나감을 발자국으로 남기는 겨울. 살과 살, 마음과 마음 사이의 간격만이 잘 보인다.

온기를 찾지 못한 고양이가 바위 위에 웅크려 있다. 겨울에는 고양이 눈빛도 깊다. 헐벗은 나무와 나무 사이로 너무나 커져 버린 풍경은 나를 압도하고 겨울은 나를 이끌며 그것을 끝까지 바라보게 한다. 하얀 눈 덮인 장면 중심으로 나를 한없이 이끄는 것이 있다. 그건 하얀 고백이다. 그렇게 그사이를 파고들며 더더욱 선명한 고독을 바라보게 한다. 인간을 현혹하지 않는 앙상한 나무들과 인적이 끊긴 거리는 진실로 가득하다.

밤이는 서걱거리는 흰 눈을 밟다가 발의 촉감이 생경했는지 어둠 속에서도 팔짝팔짝 뛰었다. 그러다가 저편에 서 있는 한 사람을 향해 날려간다. 사람인 줄 알고 나가 가니 누군가가 만든 눈사람이었다. 밤새 누군가가 빚어 놓은 눈사람이 사람 얼굴을 하고서, 사람을 닮은 나를 보고 있다.

보름달은 오늘도 공터 위에 솟구쳤고 빛은 희붐했지만, 누군가를 깨워 자신 앞에 불러 세우기에는 충분했다.

걷고 걷다가, 저편에 가만히 서 있는 것이 있어서 눈사람인 줄 알고 다가가니 모르는 사람이 어둠 속에 있었다. 우는 얼굴은 원초적이라 더욱더 잘 드러나고 눈에 띈다. 타인의 마음은 하루의 끝에서 꽁꽁 닫고 있는 내 시선의 깊은 눈을 열고, 내면의 한가운데 낮게 내려앉는다.

마음을 이 순간에로 텅 빈 터의 달빛으로 내려앉고, 지층의 울림으로, 그양이 발자취으로, 더미 위에 짐이 쌓아 눈발로 내려앉는다. 반 집어 창으로, 둑둑 찍힌 차독으로, 먼 강의 물때로 넘는다.

눈발을 가로질러 걸어본 자의 고독 같은 것을 자주 떠올린다. 식혀야 할 것이 있는 뜨거운 몸으로 한겨울 입김이 안개처럼 번지는 한 사람의 고독. 나는 어쩌다 그런 것에 초점이 맞는 눈을 지녔나.

어떤 마음은 이름 모를 한 사람에게로 투영된다.

❖

적막한 밤과 더 잘 어울리는 사람이, 끝내 다다라야 했던
마음의 한가운데 한 사람이 서 있기에는 너무나 커다란
공터. 거리를 둔 채 우리는 오른쪽에서 왼쪽으로 걷는다.
별들의 운행처럼, 거기엔 들려주고 싶은 말이 있고, 듣고
싶은 말도 있다. 혼자 있고 싶은 마음과 함께하고 싶은
마음 (울고 싶은 얼굴과 닦아주고 싶은 연정)이 있다. 그
러나 우리는 거리를 둔 채 각자의 삶으로 남겨져야 한다.

❖

길가에 찍힌 발자국 위로도 어둠이 덮여있다. 거기에도
발소리가 들린다. 밤은 늘 시끄럽다. 밤은 흐느낌만으로
가득하고 우리는 근원으로 살아내고 있다.

점점이 사라의 빛으로 하늘에 번지고, 늦밤은 마음에도
쌓인다. 어떤 사람의 오간 자리는 녹아있고, 앞으로 지나갈
자리는 번진다.

제 안에서 점점 무르익는 달빛은 잠들지 못한 세상의 고
독한 여행자들의 언어 같다. 그것은 태양과 달리 세상을
데울 수 없지만, 선명히 바라보는 한 사람의 마음에 온
기를 내어줄 만큼은 뜨겁다.

이 환함을 마주하기 위해 우리는 세상의 가장 끝에 사
각지대에 도착한 것 같다. 끝내 달빛을 마주한 자를 좋
아한다. 하늘을 올려다보고 있는 이를 발견할 때, 당신
도 끝내 이르렀구나. 하는 마음. 그 곁에는 서로의 이름
과 이해 따위는 소용없는, 모든 것을 뛰어넘는 인간애와
갸륵함이 있다.

> 그러니까 대하이고는 생각이든다. 이 시간
> 하늘을 바뀌보기까지, 모든 암흑의 길을
> 걸어온 사람들에게, 저기 한 사람을 비로
> 한 사람으로 서 있는 밤을 허락하고 말았기기,

그리고 나는 알게 되었다. 가장 밝기 위해서는 가장 깊은
어둠이 필요하다는 것을, 별빛을 보기 위해, 불빛을 피
해 암흑으로 향할 때 알았다. 혼자가 된 깊은 기분 속에

잘 보이는 것이 많다는 것도, 잘 보이지 않고서야 보이는 것이 있다는 것도. 우리가 가장 밝은 빛을 바라보려면 가장 어두운 곳으로 걸어 들어가야 한다.

―❖―

나는 한 겨울의 시선처럼 간격을 지킨다. 한 사람이 아무도 모르는 방의 벽면에 기대어 눈물을 흘릴 때, 그와 관여되지 않는 거리에서 바라볼 수밖에 없는, 그것은 무심이 아니라 겪어봤을 법한 연민의 인간애 같은 것. 그리하여 막 넘어졌을 때, 거기서 일어나기를 기도하는 어떤 그리움의 간격 속에서 사람을 만나거나 글을 쓰는 것을 좋아한다. 꺼지지 않는 촛불처럼 섬세하고 팽팽한, 그러나 긴장감이라기보다는 그리움에 더 가까운, 당신과 나 사이의 무한한 공백 같은 것 말이다. 우리는 그 침묵의 밀도 속에서 이미 너무나 많은 것을 알고 있다.

우리가 될 수 없음을 예감한 채 홀로 깊은 시간을 건너본 사람은 타인을 이해할 수 있는 마음을 하나 더 갖추게 된다. 나는 그런 자들과의 고요한 간격을 좋아한다. 우리는 간격과 함께 비로소 잘 보인다.

돌아오는 혼자의 밤은

절반쯤 밝지만,

서서히 어두워지는 날에는, 여전히,

꼭 붙들고 있는 작은 희망을 떠올린다.

서서히 잠들기 위해 꿈을 모으는 것처럼,

차마 아는 시간 하나가 위란다.

끝다.

점차 한 시간씩 늦춰지는 수면 때문에 곤혹스럽다.

그렇게 매일 한 시간씩 연장하여 열두 바퀴를 돌아 하루를 미루던 나는 다시금 새벽형 인간이 되어버렸다. 오는 것보다도 가는 것에 더 몰입하는 마음은 밤잠을 설치게 한다. 밤의 끝자락을 붙들고 마지막 하루를 감상하는 마음. 시간을 지연시키고 싶은 소망은 오늘도 나의 잠을 밀어내고 있었다.

⟡

생각해 보면 나는 낮보다 밤에 가깝다. 나는 모두가 잠든 밤에 혼자 깨어있는 날이 더 많은 것 같다. 모두가 잠들어 혼자서만 독차지하는 기분. 낮에 분산된 정신이 밤에는 소실점으로 집결한다. 어둠 속에서도 곳곳을 밝히는 별처럼, 그렇게 서서히 모습을 드러나는 의식을 관찰하곤 한다.

⟡

새벽이면, 인간이 아닌 짐승이 켜진다. 거친 숨을 내쉰다. 선명한 어둠 속에서 켜지는 정신. 한 사람의 잠은 다음날까지 유보된다.

잠들지 못한 채 어둠 속에 떠 있는 눈빛은 더더욱 깊어져 간다. 밤새 생각만으로 먼 곳을 다녀온 자들의 아침은 가장 늦게 찾아드는 법이다. 여전히 새벽에 속한 누군가는 태어나기 이전의 암흑을 재현하고, 결코 가공되지 않았으므로 온전한 야생의 감정은 그대로 보존된다. 투명한 망각 속에 깃들어져 있는 태곳적 상태로서 의식은 명명하다. 모두가 사라진다 해도 이 느낌은 영원할 것 같다. 나는 내게 온 느낌을 눈감지 않는다. 피로하면서 잠들지 못한다.

———

밤이 흐써 푹게 드리운 산의 얼굴을 본다,
우슬픔으로 일관되게 침묵하는 것은
한함없이 더 환하게 저를 드러내고 있다
그 순간은 들키지 않는 여분의 세계이다.
나는 차별하게 그려진 이 사물을 허비하고 싶지 않다,
보이지 않으나 분명 거기 애인처럼 내게올
마음의 시간을 사랑하고 싶다.
그렇게 나는 자주 밤을 새우고, 또 알없이
애타를 나누는지도 모르겠다.

태양의 영향권 아래 세상의 모든 것은 사물의 윤곽과 색채를 확고히 하고 우리의 몽상이 새어 나올 그 틈을 주지 않는다. 그러나 밤의 시각이란 어떠한가. 이 어둠 속의 흔들은 얼마나 자유로운가. 그리고 무한한 상상은 그 얼마나 들키지 않는 안전한 취미인가.

❖

아무도 모르는 깊은 밤이 찾아오면 자신을 피력했던 한낮의 사물들은 윤곽이 흐려지고, 본연의 색들은 일체 속에 녹아든다. 나를 둘러싼 단단한 벽면이 더 이상 앞을 가로막지 않는다.

❖

왼팔은 머리를 괴고 오른팔로 기록한다. 서서히 어두워지는 실내. 나는 몇 개의 문장과 함께 어둠의 깊은 색채 속으로 파고든다. 도무지 방과 내가 구분되지 않을 때 펜을 내려놓는다. 어둠보다 짙은 눈동자는 테이블의 희미한 테를 간신히 훑는다. 활자는 가슴속에 연이어 쓰인다. 그러나 의식의 몸은 표피가 없다. 그것은 쓰이는 동시에 사라져버리는 속성을 지녔다. 단지 그것은 진실을 유추해보는 신호만으로 현현할 뿐이다. 그리하여 가슴속 문장은 오늘도 물성이 되지 못하였다. 잡을 수 없는 것만이 자유를 획득한 채 긴긴밤의 포옹 속에 활보한다.

◈

잔잔한 어둠 속에서의 상상은 나를 새로운 미지의 세계로 향하게 한다. 나는 밤의 몽상 속에서 넓고 먼 곳까지 존재를 영위한다. 마치 캠퍼스를 뚫고 나아가는 격정적인 화가의 붓 터치처럼. 느낌의 색채와 분위기로 가득 찬 의식은 자유롭다. 아무것도 보이지 않음으로써 잘 보이는, 아무것도 없음으로써 모든 것이 다 있는, 그것은 분명 실재의 공간이며 삶이라는 자화상이다. 영원히 지속될 하나의 추상화이다.

이 형이상학적인 세계의 주인인 나는 내부의 질서를 총괄한다. 감각과 의식, 인식과 사유, 현실과 이성, 다양한 층위의 색을 선택적으로 교차시키며, 하나의 그림을 창조하는 것이다.

나는 백지 같은 이 공간에서 비로소 금기 같았던, 무한한 몽상을 펼칠 수 있다.

✦

밤은 발설되지 않은 세상의 모든 침묵만으로 거대하고 육중하다. 해결되지 않은 사유와 혼자만의 비밀들. 하루치 울음을 미룬 채 잠든, 인간의 남은 것들만으로 이 밤은 너무나 깊다. 밤은 방의 사각 모서리까지 단단히 스며들었다. 나는 자정부터 아침으로 이어지는 긴 어둠을 정좌한다. 무엇을 해야 한다는 생각은 거의 하지 않는다. 이 시각을 잠으로 보내는 것이 다만 너무 아까울 뿐이다.

✦

나는 나이가, 어둠이가, 바람인가. 마치 혼자 생각하다 보면 이 침묵이 대답할 것 같은, 어쩌면 그 답변을 받아 적는 것만 같은, 마시고 속삭이는 것 같은, 어떤 생각이 여기 없는 사람들을 깨우는 것 같은, 먼 그래 속에 앉아있는 나를 뒤흔들어놓게 할 것 같은, 그리고 서늘한 새벽, 말 없는 것들이 나를 관장하는 밤.

오래 들여다보면 밤은 저 멀리서부터 밤하늘이 물결을 이루며 몰려든다. 시간이 다른 시차와 섞이는 조수를 느낀다. 나는 서서히 어딘가로 동한다.

흘러가며… 어느새 이쪽은 환하고 저편은 까마득하다.

✧

촛불처럼 낮고 은근한 조명 아래 심호흡을 하는 것은 나만의 기도이다. 심장의 맥박이 거의 들리지 않을 때까지, 호흡의 속도를 잃지 않으며 날숨과 들숨으로서 무중력을 실감할 때까지.

그렇게 의식이 소멸한 공간은 하나의 우주 같다. 현혹하는 감각이 더는 힘을 발휘하지 못할 때, 감정과 자아가 사라질 때, 세계와 내가 비로소 하나가 되며 태초의 고요가 찾아든다. 이곳엔 오로지 현존의 느낌만 남아 있다. 나는 이제 호흡만으로 존재한다. 존재를 거의 느끼지 않는 것. 그것이 나의 존재감이다.

무엇을 살아야 하는지 자주 침묵을 앉혀 놓고 많은 걸 묻는다. 침묵은 침묵한다. 그럴 때면 나는 내가 살아야 할 많은 것들이 선명하게 보인다. 그것을 기술할 단어가 인간에게는 없다. 언어는 이 앞에서 무력해진다.

세상을 지배하는 우매한 인간의 허영이 이불을 박차고 깨어나기 전까지, 마지막 남은 영혼이 등 뒤 그림자 속에 완전히 숨어들기 전까지, 막 깨어난 사람들이 눈먼 허상을 다시금 시작하기 전까지, 나는 침묵과의 밀애를 허용한다.

그러나 영원할 것 같던 시간은 다시금 새벽의 옷자락을 끌며 떠나간다. 태양이 떠오른다. 저편은 다시금 울기 시작한다. 누군가 목적을 향해 분주히 뛰어간다. 모두가 움직이고 망각하는 곳으로.

그 이면에, 아무도 발견하지 못하는 사각지대에, 여전히 부동의 침묵은 우리를 기다린다.

본문56-60p : 『쓸 수 없는 문장들』 인용

바깥의 소리가 들리지 않을 때, 아무것도 중얼대지
않고, 아무것도 보이지 않을 때, 아는 것을 잃을 때,
갈마가 내 안의 웅덩이에 빠질 때, 정신의 빛이
나로 벗어날 때, 여기서부터 거기까지.
태양계를 벗어날 때, 시작을 설명할 수 없을 때,
삶에서 완전히 벗어난 기분이 들때,
숨소리만 들릴 때, 숨소리가 우주일 때,
빛의 속도로 깨어날 때.

—

어떤 감정이 ● 아녔을 때, 그것은 나타낼 꿈처을
간직해 버지 못해 어긋거릴 때, 언어는 제 안에서
산들다. 그렇게 사라져 더야가 책 보라 말로, 언어
이전으로 회귀하고 문장은 우주야를 앓다, 서로 저려 말
감정의 법은 하나의 단어로 엮는다. 그 안의 감이는
다 담기지 않은 단어로 가득하다.

모두의 책장에는 밤에 쓴 글이,

낮에 쓴 보다 많다, 쓰고있는 글보다

쓸수 없는 마음이 더 많다,

이 밤은 모두가 잠들므로 낮아, 깨어있는

이들의 분여으로 함하리, 밤새 혼자만

깨어지내는 마음은 또 없다, 눈꺼풀 안쪽으로

식지 않는 세계가 커졌다,

—

이내 한번도 드러낸 적 없는 각자만의 세계가

깊은 어둠속에서 아무도 모르게 소멸한다 _

영원히 들리지 않는 노래기, 생애가 그대로

점멸한다, 특수히 깜빡였으나/ 이름없는 별처럼

우리의 휴식은, 간히 재로 하늘 써리고 지는

이를 없는 기록들이다 —

눈을 감으면 밤이는 옆에 있어도 너무나 커진다.
내가 무사히 잠으로 이르는 나만의 방식이 있다.

밤이는 귀찮아하지 않고, 꼭 안겨 있다. '우리는 무거운
호흡으로 꼭 안고 있구나.' 눈을 감으면 우리는 보이지
않고 우주만 남아 있는 느낌이 좋다. 그 기분이 너무 평
화로워서 편안한 호흡을 가다듬으며 생각했다.
왠지 우리는 우리 이전에 언젠가 우주 어디에서, 그 가
장 깊은 심연 속에서, 만난 것 같은 느낌이 든다고 말이
다. 이렇게 숨을 꼭 엮어버렸으니, 그래서 하나의 우주
에 들어앉은 삶이니, 우리는 그 어디에서도 떨어질 수
없는 운명이니.

삶이 버겁고 고달플 때, 아무에게도 들키지 않는 어둠 속
에서 눈을 감고 밤이를 꼭 끌어안는다. 꽃이 가지에 매
달려 있듯, 작은 아이에게 매달려 이렇게 살아가고 있구
나. 서로가 서로를 묶어 하나의 생을 살아보고 있구나.
우리는 그렇게 꼭 잡은 호흡으로 꿈에서도 달리고 언덕
을, 숲을, 바다와 하늘을 함께 떠돈다.

눈을 감고 있으면 밤이와 내가 초원을 뛰놀고 있는 장면이 펼쳐지는데 그날은 편하게 잠드는 밤이다. 그리하여 나는 머리가 복잡하거나 불면의 징조 앞에서 눈을 질끈 감고 밤이의 얼굴을 떠올린다. 우리가 오늘 걸었던 숲길이나 우리가 가지 못한 아름다운 풍경으로 들어가는 상상 같은 것을 한다. 그러면 나는 마음의 불안이 사라지며 편한 호흡과 함께 그곳으로 이동한다. 현실에서는 밤이가 나를 따르지만, 잠 속에서는 내가 밤이를 따르는 것이다. 밤이는 꿈으로 향하는 길의 모퉁이마다 영역 표시한다.

그러나 돌아오는 아침은, 나는 그 무엇이었다가
다시금 나로 되돌아온다. 흩어진 몸과 흩어진 시선이
다시 나로 마중한다. 밤이는 오늘도 밤이로
깨어나고, 나는 오늘도 나로 깨어났다.
매번, 나는 나로 깨어나고, 밤이는 밤이로 깨어난다.
그래서, 나는 막 깨어난 이 눈부신 세상이
더더욱 꿈같다.

우리는, 이 삶이라는 꿈속에서 두 개의 여럿으로 살아간다.

단간지도, 내가 은혜받은 만음에 닿나 마땅하 사랑했으며, 갑지 함자마음 ,지세달아

이삶에 함께[에워싸이], 예비된데로 ,마땅에 앎아 배워나 아나 .

─────

[남만]가 없는 밤 묘경을 애음하며 4이 길처나 아나 얼려아 ,

─────

을 삶은 삶아 맛있이 충만재도 모르겠나, 우리는 , 그만명이 처한

배나, 답답함은 알아 마나, 넌 나는우리가는 감수하는 몬지이내배나

나 , 이 삶이 ,깐닥스럽이 않으며 사랑쟁았나 , 그래서 나는 한간으로은

때 , 자라는 , 그만미 , 따뜻재는 시간이 아나는 집이내 , 없마나

─────

삶은 아나나 그눌나 ,

─────

따지나 나눈로 이무기 아나아 , 무위히 비그나져 이지나 , 내 사경

밝은나 ,삶 밖으는 이끌어여 간 차낭을 바나보나 , 내가 예속

할 수없을 삶아 반경 밖으는 (삶내메로) 묘감은 자든이 ,

묘은는 뭇으로 넘어가나 , 그 세게에서 앖으나 배버거나 사거에 까지

감매함 , 사겨운 갑지 뭍앖나 , 내 삶에 폭이 , 이문록 줍안는 나나

감든 했나 , 베게나는 아나나나 떤 우누는 너문 이드나 , 었내아

아나 얹으나 , 나가는때까지 , 우거나 , 우거는 묘게 아남으는 , 뒤비이이는

─────

하나가 나무 , 깊이 , 닙슬하게 , 지나간나 , 나는 배에나서 미나나나니있

그래서 이것을
외로움이나 고독을
아니라 말하고 싶다,
단지,
우리가 사는 세계는
조금 다른 곳에 있으며
보이지 않는 사육차대에
더 깊이 연결되어 있다고
말하고 싶다.

언제든 절판해도 이상하지 않을 글들만 한가득하다.

잘 가공된 한 권을 쓰려다 포기한 채, 남은 잡음만이 이토록 많다. 누군가를 만나 웃으며 대화를 나누다가, 돌아오는 길에 실은 한 마디의 대화도 나누지 못했다는 사실을 마주할 때의 기분으로 썼다. 아무리 노력해도 나를 알아주는 단 한 명의 사람도 없다. 그게 내가 쓰는 이유이고, 내가 이렇게 살아가는 방식이다.

실은 세상 모든 마음은 이렇게 뒷면에서 진행된다고 믿는 편이다. 우리를 연결해 주는 것은 웃음도 아니고 농담이나 다정도 아니며 사회적 가면도 아니다.

우리를 결속하는 것은 남은 마음이라고 믿는다. 남은 마음은 어딘가에 동해서, 이토록 가깝고 많다. 무엇을 썼는지 되돌아볼 때, 그것을 쓴 것 같다.

남겨진 것들, 혼잣말과 독백들, 너무 많은, 서툰 것들, 그냥, 아무도 나를 읽지 않아도 상관없지만, 무난함 속에서도 공허한 무엇이 남아 있다면 아무도 소외하지 않는 다정한 세계가 여기 있다는 것을 알아줬으면 한다.

이 문장이 타인의 밤 속에 펼쳐진다는 상상을 하면 이상하다. 어떤 목소리가 누군가의 깊은 호흡 가까이 뜨거운 불을 켠다는 것이, 누군가의 슬픔을 태운다는 것이, 입김처럼 슬픔을 휘발시킨다는 것 말이다. 우리는 얼굴을 모른다. 마음이 이런 방식으로만 작동된다는 사실을 강하게 믿을 때, 나는 어딘가에 더 가까이 닿는 기분이 든다. 긴긴밤의 어둠 속에서 서로의 이마를 짚는 기분이 든다. 그것이 계속 쓰는 마음이다.

나는 이편의 세계가 내가 모르는 타인의 우주와 긴밀히 연결되어 있다고 느낀다. 동전의 앞면과 뒷면처럼 말이다. 세상은 그런 식으로 얽혀 있고, 우리가 눈치채지 못하는 방식으로 숨어져 있으며, 종종 기적처럼 드러나며 관계를 이루는 것 같다.

가령 풀리지 않는 고민 앞에서 우연히 발견한 한 줄의 문장이 내가 오랫동안 찾은 문장일 때, 간밤에 꿈을 꾼, 소식 없던 사람이 오랜만에 전화한다던가, 근래 필요한 물건을 누군가가 불현듯 선물해 주는 일도 종종 발생한다.

서가에 숨어 있는 책 속에서 우리가 만나 긴밀해지는 확률은 어떠한가, 우리의 삶은 불가능한 확률의 지속이기에, 실은 드러난 우주보다 드러나지 않는 우주는 더 크다고 말하고 싶다. 세계는 우리의 의식으로 설명되지 않고 상상할 수 없는 차원이며 그 진실을 수용할 때, 삶은 조금 더 확장된다고 믿게 된다.

* 복사하는 이들의 우대진 우주에는 기적이 일어나지 않는다. 그들은, 복사함을 가능하게 하는 단 하나의 열리는 입구라 마을받아들는 사실을 거의 망각한 채 살아간다. 단한 보이지 않는 삶의 차원을 가능할 때, 서가가 넘겨 있음을 믿게되는 때, 기적은 일어난다. 우리가 여기서 정확히, 이 페이지에서 만난 것처럼 말이다.

그런 생각은 넘어짐 조차 조심하게 한다. 꿈속의 한 그루의 나무가 넘어질 때도 무릎에 멍이 들 수 있다고 믿는 편이다. 꽃을 꺾으면, 누군가는 길을 걷다가 이유도 모른 채 주저앉을 수 있다고 믿는 편이다. 이 우주는 서로의 무늬로 촘촘히 짜인 직조물이며 올이 풀리지 않는 채 출렁이는 세계라고 믿는 편이다.

그리하여 여기,
나는 오랫동안, 당신의 방을 향해 서 있다,

—

여기 당신과 나 사이, 어떤 마음이 마련되는가.
들리지 않는 자음은, 어떤 언어 속에서
예민하게 공명하는가,
나는 들리지 않는 모든 마음을 향하니, 여전히,
외치고 있다,
나의 사소한 외침이 그곳에 얼마나 닿을지
모르겠다, 누군가에게 전혀 닿지 않을 것이다.
누군가는 막연히 이해해 볼 것이나,
누군가는 존자의 감정을 느끼며, 여기, 이
한 페이지에 함께 머물 것이다.

고독이 뭘까 생각해 본다. 고독과 고립은 다르다.
자신의 세계를 탐미하는, 끝없이 내면으로 파고드는 자
발적 고독과 남들과 나는 다르다는 생각으로 인한 대립
적 고립. 그건 스스로 타자와 차별을 두어 스스로 갇히
는 감옥과도 같은 것이라 생각한다. 모든 타자와의 연결
성을 거부한 자기만의 세상에 머문 자들의, 어떠한 감정
도, 사건도 일어나지 않는 삶이야말로 고독이 아닌 고립
그 자체일 것이다.

(자신을 무시하고 감정을 타인에게 종이라하는 말한
대상이 없는 상태, 그리하여 그 상태가 고독인것같다)

실은 외롭다는 나의 갇힌 생각을 제외하면 누구도 우리
를 고독하게 하는 것은 없다. 어둠 속에서도 저마다의 장
력으로 촘촘히 지탱하고 있는 별들처럼. 각자의 행성으
로서 연결되어 있는 별은 인간의 삶과 닮았다. 홀로 독대
하는 마음의 반짝임이 실은 가장 밝다는 사실도 말이다.

이건 비밀의 흔적이다. 우리는 아무도 타인의 마음 그
깊이 도달할 수 없다. 그것이 인간을 깊어지게 한다. 남
은 것 중에서도 남아 있는 것을 쓴다. 비밀을 발설해도
남은 비밀이 있다. 모두 다 발설해도 남아 있는 것은 나
를 가장 닮았다.

그리하여 나는 언제나 ~~내~~사람을 찾는다. 남은 것
중에서도 남아있는 누군가를 찾는다, 남은 것에는
남은 것이 파묻한다.

문장이 비로소 문장이기 위해서는 누군가의 마음이 필
요하다. 쏟아내려는 마음에는 대상이 필요하다. 우리는
서로가 필요하다. 바짓단을 붙드는 마음을 위해서도, 주
먹을 쥐고 옷깃을 흔드는 마음을 위해서도, 파묻기 위한
어깨와 얼굴이 필요하다.

두 손이 필요하다. 남은 것이 남은 것을 닦아주기 위해
서도. 제 안에 갇혀있는 모든 짐승에게는.

살 수 없는 문장들

(남은것 중에서 , 남아 있는것.)

03

나는 표면 아래의 무엇을 기다렸다. 그 깊이의 근원을 찾아 헤맸다. 뿌리가 꺾인 마음이 다시 자라지 않듯, 망연자실 앉아 있는 날이 잦았다. 오롯이 마주하는 밤의 시간은 내게 물을 먹인다. 문장이 나를 잃을까봐 섬세하고 예민하게 삽을 들었다. 저 깊은 곳에서 아무도 본 적 없는 얼굴이 어둠 속에 드러났다. 글을 쓴다는 건 이 얼굴을 마주하는 일이다. 참는 표정을 더듬어 보는 기분으로, 가장 예민한 나를 불러보는 이름이다.

무엇을 쓰고자 하는 간절한 목적은 애초에 없었다. 단지 무언가를 향해 외쳐볼 뿐이다. 그 무엇은 나를 압도하고 있었고, 똑바로 바라보기 위해서, 공허와 고독 속으로 입을 크게 벌려 포효해 보는 것이다. 문장은 그렇게 시작되었다.

그러나 무수히 기록해도 나는 내 근원에 다가가지는 못했다. 그리하여 이렇게 아무것도 쓰지 못했다. 누군가를 만나 말을 많이 하고 귀가한 후에 실은 아무 말도 하지 않았다는 것을 알게 되었을 때와 같은 허망한 심정으로 무수히 적어 내려갔다. 그리고 나는 아무것도 쓰지 못한 것만 가득 썼다. 아무것도 시작하지 못했다는 사실만 어둠 속에 명명했다.

⬦

표현에 대한 욕구는 어디서 나오는가. 여기 없는 것들의 지속적인 갈증은? 불가능에 대한 일말의 가능성일까, 자기애적이며 원초적 욕구일까? 미지의 육체로부터의 갈망일까? 인간의 어떤 내적 결핍일까?

⬦

나는 글을 씀으로써 그 무언가를 쟁취하려 재차 시도했다. 자아는 그것이 의지대로 작동되기를 바라며 사물 고유의 상태를 가만히 놔두질 않는다. 공교롭게도 감각을 활자, 물성으로 대체하고자 하는 일말의 시도는 실패로 끝나고 말았다. 여전히 한 단어도 적지 못한 채, 감각의 영역에서 언어를 추상하며 애무할 뿐이다.

결코 도달할 수 없는 '꽃이라는 관념과 언어는 꽃을 닮지 않았다.'는 사실만 여기 이곳, 앙상한 나신으로 맞닥뜨릴 뿐이다.

예술의 모든 행태는 본질에 도달할 수 없음을 증명한다. 우리는 이 불가역적 행위 속에서 삶의 유일무이한 가치를 찾으려 발버둥을 친다. 그러한 자아의 발현은 태초의 실존감을 다시금 인간과 분리시키고, 도달할 수 없는 거리감을 만든다.

입을 통해 버려진 말들은 마치 죄와 같다. 손끝으로 토해낸 글들도 삶의 운명 같다. 그리하여 실패와 좌절, 자책과 고통은 나의 몫이 되었다. 그리고 다시 고뇌하는 인간으로 귀속해 앓는다. 나는 무엇을 쓸 수 있는 건가. 이 문장은 다 무슨 소용이란 말인가.

매번 아무것도 쓰지 않을 것이라 다짐한다. 아무것도 쓰지 않을 것이다. 그러나 매번 다짐 역시 실패로 돌아가고야 만다.

본문 79-80p : 『쓸 수 없는 문장들』 인용

이토록 나는 아무것도 쓰지 않는 것을 수년간 써오고 있다. 다른 기분의 내가 서로 거리를 좁히지 못한 채로. 다른 지층의 내가 대화를 멈추지 않는 채로.

❖

때로는 사람들이 이것을 읽으며 무엇을 보았다고 하고, 조금 울었다고도 한다. 그것이 무엇인지 모르겠지만, 아무것도 쓰지 않는 것에도 무엇이 있을지도 모른다는 믿음으로 계속 지속하고 있다.

❖

나는 나를 의심하며 써 내려갔고, 그 무엇이 뭘까 오래 고민했다. 그리고 무엇이 있다고 느끼는 그것을 나는 남은 것이라고 결론짓게 되었다.

❖

남은 것. 누군가를 만나 말을 실컷 하고 귀가한 후에 실은 아무 말도 하지 못했다는 것을 알게 되었을 때의 심정 같은, 누구에게도 들키지 않는 모든 것 말이다.

글이 되지 못한 남은 글들은 더 글답다고 생각한다. 어디에도 소속되지 못한 마음은 곁에 남아 밤새 지껄인다. 실컷 떠들고 돌아와 남은 말은 문장이 되고, 그러고도 남은 말들은 넋이 되기도 하고 재가 되기도 한다. 나는 그 말들을 모아 글을 쓰고 싶다. 글을 쓰고도 끝까지 남은 글이 책으로 나왔으면 좋겠다고 생각한다. 그것도 책이 될 수 있다는 것을 계속해서 보여주고 싶다.

미공개 마음에 앓던 문장은 우주만큼 크다. 습작에만 사용된 펜과 종이, 습작에만 사용된 우리의 백 번의 낮과 밤. 그것으로 이루어진 백 겹의 시간. 펼쳐져 진 적 없는 새벽이 이 어둠 속에 얼마나 많이 구겨져 있는지.

남아있는 것은 끝까지 남아있다. 가장 깊은 언어는 결코 드러나지 않으며 그것은 진실로 보존된다. 아무도 웃는 얼굴 안쪽으로 우리의 우는 얼굴을 궁금해하지 않는 것처럼. 진실은 약속된 사회적 언어의 이면에 숨어 있다.

나는 전적으로 숨겨져 있는 것,
드러나지 않은 것들에 관심이 많다,
인정받지 못한 자서와 침묵에 대해서도
관심이 많다, 이름없는 사람들의 삶과
혼자만 갖을 것에 대해서도, 드러나러,
말하적 없는 생각과, 분노에 대해서도
관심이 많다, 거기에 모든 것이 다 있다는
생각이 든다,

—

우리를 깨어나게 하는 건, 터국 끝까지
남아야 하는 불쾌한 자서라, 모든 침묵이
지나가고 난 후에 배어든 빛이라고
말하고 싶다~

말을 하지 않는 순간에도 나는 끝없이 말을 한다. 그러니까 뱉어진 말이 아니라 곱씹는 말로, 생각 속에 무수한 말들이 나의 의지와도 무관하게 진행되고 있다.

❖

말은 내뱉는 순간 그 성질을 완전히 잃어버린다. 그것이 누군가에게 의미가 되는 순간부터 말은 이제 나에게서 가장 멀어져 버린 단어가 되는 것이다. 나는 말이 휘발되는 것보다 내 안에서 어떤 뜨겁고 강렬한 울분으로 남아 있는 방식을 취한다.

❖

말은 늘 삶의 바깥으로 팽개쳐졌지만, 침묵은 맥박처럼 삶의 중심에서 나를 느끼게 해준다. 말은 나를 벗어나지만, 침묵은 내 안에서 나를 어디든 끌고 간다. 삶은 남은 것에 의해 작동되는 것이다.

한 사람의 존재감은 남겨진 것들로 이루어져 있다고 나는 자꾸만 믿게 되는 것이다.

말하고 남은 것을 침묵이라 한다. 침묵은 말하지 않음의 상태이며 말하지 않음으로써 가득 채워진 현존성이다.

⟡

침묵은 물리적 밤보다 더 깊다. 침묵은 그 자체만으로 거대한 물성 같다. 마치 옆에 세워두고 이름을 불러보고 싶은 어떤 강한 존재감이다.

그것은 여전히 내 안에 있으며 어쩌면 그것을 나라고 불러도 무관할 것이다. 나는 발설하지 못한 모든 것을 지닌 침묵 그 자체의 순수한 물성이 되었기에.
나는 이제 침묵만이 기거하는 몸이며 방랑하는 말들의 고향이 되었기에. 알려지고 남은 모든 것들의 무덤이기에.

⟡

침묵은 떠돌고 남은 말들을 내가 묻어주는 방식. 또한 가장 빠르고, 강하고, 가깝게 심장에 도달하는 말의 방식이다.

문장을 어떻게 울리는가, 글을 쓴다는 건 무언가 써야
할 울림을 내부에서 찾는 행위에 가깝다. 내면에 떠도
는 소리를 추적한다. 허공을 가르는 새들의 귀소본능처
럼. 문장은 역류의 방향으로 나아간다.

그런 방식으로 나는 몸 안으로 떠도는 소리의 고향을
찾고 있다. 입 밖으로 뱉어낸 언어의 무늬를 바라본다.
그것은 울림이 아니다. 다시금 그것을 삼키며 무언가를
유추한다. 그러니까 무성과 유성 사이, 발성이 촉발되
는 첫 공간. 거기서 내가 어떻게 발음되는가. 그러기 위
해 나는 얼마나 더 먼 내면을 고독하게 걸어 들어가야
하는가. 다시 천천히 내부로 향한다. 조금 더 깊은 미지
로, 그런 방식으로 그냥 울림이 되어버리는 것.

울림이 울음이 되기 전까지 나는 내 안에 나를 묻어두
는 것이다. 잘 익은 침묵이 성질을 달리할 때까지.
그리고 그것이 어떤 맛을 내는가 지켜보는 것이다.
침묵은 곧이어 심장 안으로 툭 떨어진다.

여기, 중심에서부터 서서히 증폭되는 것이 있다. 새벽 산정호수의 물결처럼, 뱉어내지 못한 채 머금은 침묵은 울림이 되었다. 나는 중심으로부터 저 멀리 확장되며 심원한 풍경을 만들어 간다.

본문 87-91p : 『쓸 수 없는 문장들』 인용

나는 이편과 저편을 넘나드는, 내면과 외면이라는 균열된 틈 사이, 양립하지 않는 텅 빈 공간에 있다. 여기서 정신의 정화 과정을 거치며 침묵과 동시에 발설을 담당한다.

때로는 말 안의 말을 묶어두고, 눈 안의 눈을 바라보며 귀 안의 청력을 다한다. 그런 방식으로 나는 고요를 다시금 되찾아 간다. 어느덧 바깥의 소리는 차단되고 나는 세상의 소음에서 멀어진다. 침묵은 관조와 사유 그리고 현존의 감각을 되찾고 내면의 확장을 돕는다.

우리는 말을 하면서 사유할 수 없다. 밖을 바라보면서 안을 주시할 수 없고, 숨을 들이쉬면서 내쉴 수 없다. 달리면서 멈출 수 없고, 뛰면서 사물을 분석할 수 없다. 먹으면서 뱉을 수 없고, 말하면서 들을 수 없다. 우리의 이면에는 동시에 사용할 수 없는 내면과 외면의 문이 있기 때문이다.
그리하여 나는 늘 내뱉으면서 다시 주워 삼키는 듯한 음성으로 역입(逆入)을 시도한다. 그리고 말이 혀 위에서 미끄러져 내리려 하는 지점에 나를 멈추어 놓는다. 거기서 다시금 고민한다.

내뱉는 순간 본질을 벗어날 것이며 삼키는 순간 의미를 잃을 것이다.

❧

말은 청각을 닫는 문이며, 반대로 침묵은 다시금 세계가 나에게로 수렴되게 열어두는 방식이다.

댐의 수문을 여닫듯 범람하는 관념으로부터 스스로 수위를 조절한다. 침묵이 범람할 때 말을 개방하는 것이다. 다시금 비워진 침묵은 넘실거리는 불안을 재우고 안정을 되찾는다. 나는 그것을 충분히 곱씹고 난 후, 이제 침묵을 환기한다. 그리고 그것을 밖으로 방생해야 한다. 우리는 외부와도 긴밀하게 연결되어 있기 때문이다.

떠나간 새들이 다시 귀가한다. 떨어진 꽃들이 다시 꽃을 만들고 있다. 산등성이 너머 붉게 떠나간 석양빛. 태양은 다시금 우리의 가슴속 둥지로 돌아와 모두를 치유하고 재생한다. 나는 자주 멀리 배회하여 쉽게 시지곤 하는 나의 귀가를 위해 문을 반쯤 열어놓는다. 내면과 외면을 잇는 히니의 추처럼 침묵은 빈동하며 나갔다가 회향한다.

나는 당신보다 태양이 아니다.

당신의 터두 속에 풀어있소, 새애나.

당신의 목소리를 안고 싶다,

—

문장은 우리가 없으며, 침묵과 고백을 고백사이를
거니는 지점입니다. 우리는 이제 머리를 건너
서로에게 다가간다, 동시에 멀어진 나로부터
다시 가까워진다.

—

이 자폐에는 당신을 향한 마음이자 동시에
다시금 온전한 나 자신으로 되돌아오는 방법이
되어주곤 한다. 그래서 나는 아무것도
들어주지 않는 마음을 향해 이렇로,
긴 글을 쓰는지도 모른다

방해되는 감정과, 흔들리며 흐르고 희미해지는
사람과, 이 모든 죽음을 막을 수는 없으므로,
전체적으로 마음이었고, 맛이 있어도 커져가는
밤이라고 적는다.

밤은 머치고, 밤은 진저하는 기분으로, 아니
그런 슬픔과, 점점 더 숨겨져서, 에게서
슬픔을 찾아볼 수 없을 때까지,

이걸 기분이라고 할 수도 없으며, 아무것도 아닌것이
너무나 가득한 상태이지만, 말이라고 할 수 없는 것들
지나가고 있다.

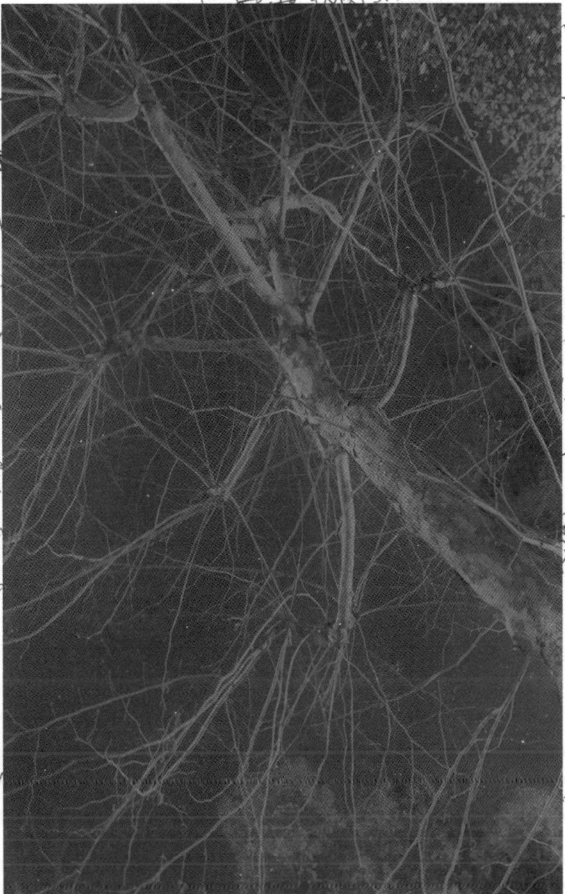

하나의 관념에 몰두하는 순간 1초가 지나간다. 2초가 지나간다.

✦

시름이 깊어져 갈수록 무력하고 무기력하다. 사면초가의 나날이 지속된다. 나는 현재 한계의 벽에 맞닿아 있다. 그러나 이 도약은 늘 부족함에서 왔다는 것을 잊지 않고자 한다.

나는 내 앞의 벽을 무수히 더듬는다. 하나의 정을 박기 위해, 모든 시간을 쓴다. 정확히 이 벽을 깨부수기 위해 수만 번 두드린다.
아무에게도 들키지 않는 마음이 켜켜이 나를 막아서고 있고, 맑아지기 위해 그것을 다 깨부숴야 한다.

더는 참지 못해 끝에서 한 번의 끝을 더 외칠 때 확장되는 마음을, 죽을 것 같은 안간힘의 끝에서 한 번을 더 애써보는 마음을, 마음을 듣기 위해서는 고비를 넘겨야 한다. 나는 두려움을 관통하는 어려운 방법만을 택하고 타파하기로 한다.

두려움을 관통하는, 그런 언어에 가까운 누군가의 글을
읽으면 격렬함 속으로 나를 이끌며 몸이 반응하게 된다.

어떤 글은 문장 사이에 간격을 만들어 한 사람을
삶의 한가운데에 빠뜨리게 한다. 빠뜨려 나서야
슬며시 손을 내민다. 그런 방식으로 독자에게 자리를
자리를 내어준다. 그 문법이 뭘까, 서서히 스며들게
작용하는 문장은, 가까스로 벗어나 다른 눈빛을
하게 만들, 삶을 너무 오래 들여다보아서 감히
회수 가능한 눈빛을 갖게하는 것을!

어떤 문장은 겨우 한 줄을 읽는 데 하루가 꼬박 걸리고
어떤 문장은 숨이 차오른다. 한 사람이 격정과 불안을 거
쳐 다시금 고요해지기까지 그 자리에서 인내하며 밤을
새우게 한다. 그러나 그 문법에 대해선 나는 모른다. 다
만 나는 간절히 그런 글을 쓰고 싶다. 누군가 우연히 지
나가다가 주저앉게 하는 문장을, 잘 들키지 않는 곳에 있
으며 세상에 거의 없는 글을.

글쓰기는 내가 온전히 홀로 마주한 심연 속에서 활자만을 지탱해 어떻게 울고 있는지. 어떤 자세로 매달려 있는지 바라보는 일 같다.

나는 서서히 문장 사이로 걸어 들어간다. 쓰는 자아는 어떤 장면 속으로 나를 한없이 밀어 넣고, 어떻게 행동하는지 관찰하곤 한다.

젖은 바닥과 안갯속으로 마음을 옮겨 놓고선 걸어보라 주문하는 것이다. 막막함의 한 가운데로, 거친 숨소리와 빠른 발이 확대되는 장면 속으로. 나는 파멸하지 않으며 극대화하는 시도를 한다. 쓰는 자라면 적어도 그런 용기가 필요하다. 나를 완전히 소모할 수 있는 용기. 저 하늘을 설명하기 위해서 하늘을 특성을 기술하기보다는 가장 깊은 바닥으로 떨어져 보는 용기. 떨어져 기어가 보는 용기. 빛을 설명하기 위해 어둠을 끌어 쓴다는 건 본질에 접근하는 가장 빠른 길을 택한 것과 다름없다.

이따금 입부처럼 숨기 위해서
달빛과 혼자남은 용기가 피요하니,
숨기 위해서, 또한 몇 개의 문장이 피요하니,
믿음을 완성하기 위해서, 명사이 피요하니,

그날부터 내게서도 빼앗아가는 사랑의 존재가 사운, 이 시기에도 비밀스럽더라

사각사각했으나 얼비치지 않은 채, 이 시대의 화려지나 기억을 추종하지

않을 수 없었다. '한 죽음의 뒷모서리라',

나이지 '젊은 세상이 화려하다 함께 즐기하고 있는 듯하라, 모든 한낮들
그림께 디미이터러 얇어지라 뒷모서리에 물어있다. 그러나 유감스럽게고
짐께 이러한 받아되지 않고, 드러나고 있으며 (함구하고 있으므로,
나는 이차웃 그것을 찾아애라다. / 항바쌔 바뀌러는 때닷의
라이라하 내문에, 그 뒷서에써 어렵하는 것을 몰까지 더러러 챙겨아을
느라애 게로 한았다, 그것은 어떻게 기울허가하의 그리하니,
것을 쓰녀는 사람 내써 아마도, 사유은 표현하게 보다는 ──

그것을 찾아이려는, 기억였써, ──

그러나 어어러써는 차라 이머에 도달하는 수 없겠고, 지체를
묘사할 수 없음에 지룩히 아부터 단써마 맘을 비애하 보낸이라 ──

이어는 살 화상에 재해되늘, 사사의 이러늘, 정러새는 약속은 도려러
라무롱라 받아늘, 마침내, 아부에 도달하며, 우거가 예속 개한 범의
내에써, 어가, 더 생활았으써 기억을 전개해써고 았을 ──
쓰는 써느, 쓰어써, 직써하느, 아짓느, 그러써 이것느....

나더 러되느, 이 기어러되 화씸이, 사상범더러 생생겨늘 허무러고,
새어하야 애서라. 이것느, 잔 가울라, 빌, 이그러 !

를 산기를 머지로부터의 강력한 그리움이며,
그들의 인사 같을 것이다.

꿈찍하게 바쓰에게, 상비를 내리,
밤의 은학을 깨부수는 의식을 바라기 —

누가 내게 물었네,

'어떻게해야 글을 잘 쓸수가 있을까요?'

저도 모르겠지만, 제 생각 가, 그 문장을

먼저 살아야 해요, 그래야 뚜렷해지면,

한 단어를 쓰려면, 만 백 번을 살아내야 해요,

글이 먼저가 아니라, 살아있는게 먼저예요,

죽은 다음 살 수 없듯이,

사라지는, 살아지는

/ 04

단지 살고 싶었다. 내게 가장 중요한 것은 살아있음에
도 살고 싶은 간절함이었다. 살아있음의 모든 안간힘,
그것의 현실감. 나는 사회의 한가운데 깊이 속해있으면
서도 이 주변으로 형성된 환경으로부터 작별하여 아무
것도 없으므로 온전히 남아 있는, 한 존재감만을 느끼
며 살고 싶었다.

그러니까 세상이라는 환상, 반짝이는 허상의 뒷면, 지도
의, 국가의, 모든 그림과 모든 문장의 반대편, 여기서 나
는 살아있다.

더욱더 혼자되기 위해 아무도 없는 근원으로 나를 되돌
려 놓고자 시도했고, 끝내 침범하는 요인이 사라지자 드
디어 나는 목적에 도달하여 저편의 나를 드러난 채, 이
편의 나는 드러나지 않는 방법을 터득했다.

이제 아무도 이 편의 나를 침해하지 않는다,
나는 그 길이 이제 제법 마음에든다, 여기서 나
는 혼자이다. 혼자이기 위해 부단히 걸어왔다

여기서 나는 들킨 적 없는 눈빛을 장착하고, 아무도 없는 풍경을 둘러본다. 바람과 눈물과 풀잎의 향기가 내 몸에 선연히 배어들 때까지, 감각을 부릅뜬다. 보름달이 서서히 떠오르면 나는 달빛을 동공에 욱여넣는다. 바람, 광폭, 발광, 광휘 이런 보이지 않는 것들을 한곳으로 모아 일제히 켜지도록 한다. 눈빛, 그것으로 자신을 밝힌다.

때로는 미지를 걸어서, 헤치며, 때로는 앓기 위해서, 투쟁하기 위하여, 단 한 순간이라도 일시적인 영혼을 느끼기 위해서, 허기, 강렬한 결핍. 삶이라는 배고픔. 그 무엇을 한 번은 맛보기 위해서 나는 간절한 기분만을 호각 한다. 혀를 내밀어 달빛을 핥아먹는 한 무리의 꽃처럼 말이다.

결국 이르고 만 모든 것들의 뒷면에는 내가 있다. 뜨거운 호흡소리와 저 스스로를 식히는 짐승의 오랜 밤이 있다, 흘리지 못한 말들이 익어가는 새벽이, 내 숨소리에도 흠칫 놀라는 놈이, 눈물이 되지 못한 마음이 있다.

이곳의 나는 안전하고, 이곳의 나는 참지 않는다. 참지 않음으로써 밝다. 두려움과 공포도, 불안도 경험하지 못한 막 깨어난 아이의 눈빛을 장착한 채 나는 모든 어두움을 태운다. (어둠은 죽음에 가깝지만, 자신을 밝히는 눈빛만은 산 짐승의 것이다.)

❖

이제 나의 진심을 고백했고, 이것을 어떻게 해야 할지 고민하기에 이르렀다. 여전히 지면 위에서 나는 이면의 모순에 봉착한다. 이것을 어떻게 할 것인가, 덮을 것인가 찢을 것인가, 아니면 용기를 내어 드러낼 것인가에 대해 고심한다. 서툴고 날 것 그대로의 문장을 정교하게 다듬어지기 전에는 누구에게도 공개할 수 없다. 이것은 막 깨어난 새끼 짐승 같다. 도무지 정비되지 않는 원초적 생명처럼. 여전히 지면의 붉은 아이는 저편의 들판을 제멋대로 뛰어다닌다. 문장 속의 새들은 동시에 날아들어 하늘을 휘젓고 추락하기를 반복한다. 꽃들은 눈가에 계속하며 피어나고 시들기를 반복한다.

❖

책이 되기 직전의 날 것은 가장 비밀스러운 진심이 된다.

퇴고 전의 글은 글이라 할 수 없다는 점이 나를 닮은 것 같다. 그러나 종종 이 날뛰는 활자 속에서 엉망이 되곤 한다. 그럴 때, 심호흡하고 다시 마음을 정갈하게 한다. 내게 중요한 일은 글을 쓰는 것이 아니라 매일 탄생하는 이날 짐승들을 양육하는 일이다. 그것들을 감당하려면 그것보다 강해야 한다. 그렇지 않으면 여기 한가운데서 무수히 흔들리고 문장에 쫓길 것이다. 내가 휘두르는 것에 내가 휘둘릴 것이다. 그래서 무언가 쓰고자 할 때, 무언가를 쓰는 그것이 어디에 있는가를 바라본다. 원력을 망각하면 글이 나를 끌고 다닌다. 결코 씀이 삶을 장악할 수는 없다.

이내 나를 서서히 장악하는 활자를 덮는다. 오늘도 무언가를 쓰는 데 실패하고 말았다.

내가 삶 줌이 씀를 능가하려 함써, 그 세계를 깨운다, 겸코, 씀이 이 삶을 지배할수는 없다, 무언가에 휘둘려 삶아님을 망각하는 시간이 커자써, 나를 멈추어 세운다, 삶아있는 느낌을 계속해서 회각한다,

지금의 나는 이것을 어떻게 무엇을 완성하고자 하는 의지가 없다. 힘을 빼고 시기적절한 때를 기다린다. 그냥 쓴다. 그냥 쓰는 것만 생각한다. 현실적 고민에 힘을 주면 지친다. 글쓰기는 지치지 않는 마음이다.

지속적 글쓰기는 무언가 지속하는 것이 아니라 지속하는 힘이 어디에 있는지 계속 확인하는 일이다. 무엇을 어떻게 쓰는지보다는 내 안에 그 무엇이 쓰게 하는지 망각하지 않는 것이다.

힘 빼고 쓰기. 자아를 빼고 힘을 뺌으로써 힘을 보여주기. 자아를 지운 채 독립적 의식으로써 쓰기. 아무것도 쓰지 않기. 아무것도 쓰지 않음을 씀으로써 그 무엇을 드러내기. 눈물도 기쁨도 없이 없는 것을 쓰기. 아무것도 없어서 없음 만이 선명해지도록 침묵하기. 슬픔이 저 홀로 슬퍼하도록 내버려 두기. 그리하여 죽은 듯 고요하기. 고요가 시끄럽게 울릴 때까지 고요하기. 그것을 쓰기. 기왕이면 쓰는 것을 완전히 실패하도록 쓰기. 힘 빼기. 사람이 아닐 때까지 힘 빼기. 그리하여 영혼이 서서히 드러날 때까지.

대단한 무엇을 쓰려는 마음은 애초에 나의 것이 아니었다. 힘 빼자. 힘을 빼고 지껄이자. 본연의 언어를 떠오르게 하자. 살아있는 것만 건지자.

✓ 한대에 너무 오래 갔었다 탓인가
　밤에 물칭이 거려 하룻만 간병하고 있다,

" 한때줄데반

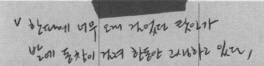

SA 7.53　SU 16.24　MA 14.54　MU 4.01

Man kann nicht in die Zu-
kunft schauen, aber man
kann den Grund für etwas
Zukünftiges legen – denn
Zukunft kann man bauen.
　　　Antoine de Saint-Exupery

Auflösung Texträtsel: C

24. November 2023

THU

✓ 안쪽도비를 미

✓ 비밥표, 향료 (

✓ 세방차 (세

✓ 어둠속에서

Memo

작은 창틈 시

나뭇가지마다 움여동로

얼어서 바네 눈꽃인 줄 알았는데, 자세히 보니

섬세하고 투명한 마음이었다

과거에 나는 미술학도였고, 내 그림이 걸려있는 전시장에 누군가를 초대해 본 적이 한 번도 없다. 그리고 나조차도 나의 전시를 방문한 적이 없다. 전시를 마치고 나서야 뒤늦게 찾아가 그림들을 철수했다. 이런 면모를 사람들은 이해하지 못했지만, 나는 누구보다도 자신을 드러내는 일에 익숙지 않은 사람이었다.

이런 성향은 아마도 그릇된 교육 환경 때문이라 짐작한다. 유년 시절부터 나를 드러낸다는 것에 늘 외부의 질책과 공포 속에서 자라왔고, 나의 모든 의견은 묵살되어 왔다. 나라는 존재는 늘 위협적인 어른들의 소유물처럼 여겨졌다. 이 왜곡된 성장 과정에는 알 수 없는 죄의식이 늘 가득했고, 그것이 현재 나의 일부를 이루고 있다. 그것이 나의 잘못이 아님에도, 불온한 감각은 신체의 일부에 각인되어 무언가 드러내야 하는 순간 불안을 일으키게끔 한다. 실은 대부분의 삶의 시간을 숨어 있는데도 숨고 싶은 마음과 싸우느라 소모했다. 나는 나를 드러내는 것에 이상한 죄책감을 느꼈다.

그렇게 숨죽여 살았음에도 내면의 깊은 곳에서 발성되

는 괴물의 외침 소리는 끝이 없었다. 그것은 커다란 의견을 피력하며 이명처럼 나를 점령했다. 나는 계속해서 말하고 싶었고, 발설하고 싶었고, 그리고 손을 번쩍 들거나 두 다리를 흔들며 마음을 표출하고 싶었다. 그러나 그런 일은 불가능했으므로, 나약한 나는 작은 짐승처럼 모든 것으로부터 도망치는 것에 생의 절반을 썼다.

그러니까 과거 나는 일기장을 몰래 훔쳐보는 부모 때문에 혼잣말을 지껄인 글들을 매일 버리고 돌아왔다. 잠이 들 때면 누군가 훔쳐볼까 봐, 어딘가 들킬만한 것이 없는지 늘 초조한 마음으로 잠들었다. 마치 무엇을 쓰는 일이 불온하게 느껴져서 무수히 적어 내려간 페이지를 조각내서 일부는 쓰레기통에, 일부는 야산의 흙 속에 묻어두곤 했고, 그리고도 끝까지 남은 글들은 마음 졸이며 조각내어 빈 병에 넣어 태우곤 했다. 그건 유년기부터 시작된 나만의 비밀 의식이 되었고, 몰래 버린 문장들은 수없이 많았다. 이제 더는 나를 방해하는 이가 아무도 없음에도, 무수한 길 위에서, 타국의 여행지에서도 행위는 오랫동안 지속되었다. 생각이 떠오를 때면 작은 수첩에 속내를 드러낸 후, 곳곳에 내 기록을 묻고 돌아왔고,

마치 그것의 범인이 아닌 양 마음속에도 완전히 지웠다.

햇빛도 보기 전에 사라진 마음이 나는 늘 갸륵해했다. 돌봐주지 못한 채 사산된 문장들은 별들만큼 많았다. 들키지 않는 마음은 우주보다 컸다. 분명 인정받지 못한 슬픔이 새벽보다 깊었다. 아무도 구속하지 않는 어른이 되었고, 지금은 내게 아무런 잘못이 없다는 사실을 깊이 이해하기에 이르렀지만, 현실적으로 존재를 드러내기를 기피해서는 안 된다는 사실을 잊지 않음에도, 자주 숨고 싶은 본능은 어쩔 수 없어서, 종종 아무도 모르는 곳으로 사라지고 싶은 욕구를 억누르는데 지금까지도 많은 힘을 쓴다. 그러나 사라지고픈 마음의 이면에 결코 사라지지 않는 무엇이 무겁다.

언제부터인가 눈을 감아도 보이고 귀를 막아도 들리는 것이 있다. 종종 길을 걷다가도, 돌을 손에 쥘 때도, 나무를 바라볼 때도, 거기서 나의 어느 한 일부가 자꾸 떨리는 것 같고, 사라진 문장이 어디선가 여전히 맴도는 것 같다. 어떤 말들은 어디선가 깊이 뿌리를 내리는 것 같다.

숱한 독백은 연기가 되고 어떤 문장은 나무가 되었을 것이다. 어떤 호흡은 바람이 되고 어떤 눈물은 꽃이 되었을 것이다. 내가 버리고 온 마음이 계속해서 주인을 찾는 듯, 이제 더는 갈 수 없는 길을 종종 뒤돌아 봄으로써 쓰기를 지속해 보고 있는 듯하다. 곰곰이 생각해 보건대,

현실에서는 늘 쓸모없는 아이였지만, 아무도 모르는 비밀의 나라에서 나는 하나의 국가를 확장해 나갔던 것이다. 그리하여 막연한 어떤 믿음 속에서 한쪽의 나는 살아간다.

마음과 숨으로 엮여있는 것들은 늘 이곳 삶에서는 볼 수 없고 시간은 알 수 없는 방식으로 흘러가지만, 볼 수 없어도 보이는, 갈 수 없어도 보이는 과거는 나보다 크고 나보다 잘 산다고 말이다.

이 현재, 나는 모든 것으로부터 완전히 도망쳐 나와 자립했고, 나는 나의 낡은 습성을 벗어내는 데 많은 공을 들였다. 이제 아무도 나를 방해하는 이는 없다.

나는 이제 쓰는 것을 더는 두려워하지 않는다. 아니 약간은 겁난다. 밝혀지는 모든 것은 여전히 나를 두렵게 한다. 그러나 두려움은 나를 나아가게 하는 힘이 되어 준다. 그러니까 아이러니하게도 나는 부정의 힘으로 나아가는 중이다. 그리고 불안은 지금의 문장들에 괜찮다고 말한다. 괜찮다고, 이제 더는 과거처럼 살지 않겠다고 각성한다. 한 장씩 타인의 깊은 밤에 파고들 때마다, 그래도 괜찮다고.

그렇게 책을 쓰며 알게 된 사실은, 나와 같은 비밀이, 여기서, 거기서, 그 너머에도 이토록 많다는 것이다. 누군가 꼭꼭 숨기느라 발설하지 못한 문장을 대신해서 말해 주는 사람이 되었다는 사실에 나는 더는 숨지 말자고 용기 내어 보는 것이다.

무수히 걸었던 길 위에서 물에비라 늘늘은 죵죵 너울댄다.

그러나 시간이 방침 흘러, 그것은 나다른 타인의 마음이
되어, 되돌아오는 터치이 되다. 현재는 전국 각지기,
심지어 내가 살았던 해터리 기본은 지역에서도 응라
해 주는 독자분들이 계십다. 마치 그 당시 몰래 묻어둔
마음이 누군가의 메아리로써 타답하는 것 같다.
그 어떤 형태로써, 마음은 어떻게든 도달하고 마는 것
같다. / 걸어없다 모든 길을 다시금 역행하는 수 있는
지로를 발견하다으로, 마음의 지물이 닿은 데
까지, 만져보고 싶다고 사색하다 .

솔직히 말하자면 작가가 되려 한 것은 아니었다. 나만
의 책을 갖는 것은 누구나 한 번쯤 갖는 막연한 상상 중
하나였다. 그중 존재를 외치는 방식으로 글쓰기는 그림
보다 표현하기 유리했을 뿐이다.

들키는 것에 대한 불편한 마음과 더불어 관심에 비해
많은 한계를 느끼고 요즘은 어떻게 무엇을 지속해야 할
지 고민이 깊다.

그다음을 외쳐보지만, 다음이 잘 그려지지 않는다. 대단한 작가, 문학가 그런 삶을 원치도 않는다. 그렇다면 나는 무엇을 하는 걸까. 모르겠다. 그저 계속 쓸 뿐이다.

이곳에 누군가에게는 털어놓고 싶다. 나는 작가가 아니라 그 배후의 외로운 한 인간으로서 한 명의 독자도 없는 시절의 나라고 말이다. 여전히 나는 이름 없이 살다 간 사람들을 동경한다. 대단한 이름보다는, 오래 들여다보아야 보이는 무명에 더 마음이 간다. 이 마음은 오래도록 바뀌지 않는다.

나는 드러나는 사회적 실재를 믿지 않고 허상에 홀리지 않으려 애쓴다. 그렇다면 나는 무엇을 믿는 것일까. 그건 이곳, 여기, 이 현재로서 존재하는 그 상태에, 상태로서의 머묾이다. 현재의 나는 사회적 환경에 휘둘리지 않기 위해 솟구치지도 않으며 잠식되지 않은 채 수면의 잔물결을 내며 딱 그 경계에 서 있다.

어떤 책을 쓰고 싶냐고 묻는다면 결국에는 아무도 관심 갖지 않고, 읽지 않는 책 한 권을 만들어야 하지 않을까, 라고 답한다. 왜냐하면, 내 인생을 바꾼 최고의 인물들이 쓴 책들은 다 절판이 되었고, 그건 대중에게 읽히지 않았기 때문이다.

읽히지 않았다는 건, 그만큼 대단한 진실을 썼을 확률이 높다. 세상의 진실은 대중의 관심과 호응이 아니라 늘 혼자된 곳, 불편해서 열어보기 싫은 곳에 있기 때문이다. 나는 그런 책들을 경전처럼 머리맡에 두고 잔다. 그리고 그것은 다수의 선택을 받지 못하였지만, 한 사람을 살리기에는 너무나 충분하다.

잘 생각해 보면, 지금의 나를 살린 건, 저명한 책이 아니라, 사라지고 절판된 책들 한가운데에서, 발견한 단 한 줄의 글 같다. 그건 공허하지 않고 허황하지 않으며, 나를 아직도 붙들어 맨다. 그리고 언젠가 나도 종국엔 그렇게 흘러가야 하지 않겠나, 지금은 그 무엇에 자주 실패하지만, 언젠가는 아무도 읽지 않는 책을 쓰리라 생각한다. 단 한 권만 남은, 누군가를 살리는 문장 말이다.

Manchmal, wenn ein Vogel ruft
Oder ein Wind geht in den Zweigen
Oder ein Hund bellt im fernsten Gehöft,
Dann muß ich lange lauschen und schweigen.

Meine Seele flieht zurück,
Bis wo vor tausend vergessenen Jahren
Der Vogel und der wehende Wind
Mir ähnlich und meine Brüder waren.

Meine Seele wird ein Baum
Und ein Tier und ein Wolkenweben.
Verwandelt und fremd kehrt sie zurück
Und fragt mich. Wie soll ich Antwort geben?

때때로, 새가 울거나
나뭇가지로 ⌠바람이 불거나,
강아지가 먼 농장에서 짖을 때,
나는 오랫동안 귀기울이고, 잠잠해야 한다,

내 영혼은 / 천 년전에 잊혀진 (새와, 불어대는)
빠르게 돌아간다.   바람으로)
나는 비슷했다, 내 형제였던 시간으로 ―

내 영혼은 / 나무, 그리고 눈물,
그리고 수늙음이 된다.
내 영혼은 났었고, 앤라자 모습으로 돌아서서
나에게 묻는다,

어떻게 내가 대답해야 하는지 ―

〈헤르만 헤세〉 시 中에서

나는 한 번도 내 본명을 좋아한 적 없다. 저절로 발생했고, 태초에 의지와 상관없이 불렸기에 나는 살면서 누군가가 나를 아무렇게나 불러도 상관없다고 생각한다. 속한 사회 속에서 사람들은 자신들이 좋아하는 이름을 내게 줬고, 나는 그것들과 금방 친숙해졌다. 나는 그들이 불러주는 이름들에 잘 적응하여 저마다의 면모로 살아왔다. 사람들은 그들만의 이름으로 나를 기억하고, 그렇게 오랫동안 다양하게 불렸기에 나는 정작 본명과 무관해진지 오래다. 태생의 명칭은 내게 큰 영향을 끼치지 않는다. 다만 나는 여기, 무수한 사회적 이름 뒤에 있는 이름 없는 존재에 대해서 돌보기를 멈추지 않는다. 그것을 이름 이상의 유일한 어떤 것으로 인식하기 때문이다.

❧

이름은 단지 인간의 (사회적) 특성을 구별 짓는 방법에 지나지 않으며 나는 이름 뒤에 숨어진 한 사람의 영혼이 얼마나 자신을 능가하여 확장되는지 그런 것이 궁금하고, 그런 것에 이끌릴 뿐이다. 영혼과 마음의 세계에선 이름 따윈 불필요하니까 말이다.

내게 중요한 것은 단 하나밖에 없다. 때가 되면 정확히 피어나는 어떤 생명력이다. 그것은 이름 뒤에 숨은 존재의 외침이다. 내가 무엇으로 불리기보다는 무엇이 나를 살아가게 하는지 그것이 중요하다. 마음 같은 것. 영혼 같은 것. 의식 같은 것. 생명 같은 것. 그것에는 이름도 모양도 없다. 그건 삶의 전부를 이끄는 가장 중요한 원력이고 실존감이다.

그런 방식으로 나는 내가 무엇을 하는지 중요하지 않다. 그 무엇을 하기까지의 마음이라거나 그것을 행하게 하는 직전의 마음에 관심이 많다. 나는 여전히 내가 무엇을 쓰는지 알지 못한다. 다만 문장보다도 나는 감정의 발생에 대한 탐구와 본연의 존재적 근원에 관심 있다. 그것은 보이지 않게 작동되며 내게 무언가 지시한다. 그렇게 글은 시작되었다.

여전히 이것을 오래 들여다보며 타인에게 어떻게 납득해야 할지를 고민한다. 이내 고개를 젓는다. 나는 아무렇게나 읽혀도 상관없다고 생각한다. 다만 나는 하고 싶은 말이 맺혀있는 가슴을 쓸어내린다.

무언가는 여기에 응축되어 있고, 무언가는 심장에서 뛴다. 나는 발생되기 이전의 맺혀 있는 그 상태의 작은 떨림과 진동을 의식한다. 그것은 내게 가장 진실된 언어이고 나의 숨겨진 이름이다. 모든 것이 폭발하기 직전의 전조 같은 것 말이다. 그것은 명칭이 없으나, 나는 그것들에만 무사한 고유성을 부여한다.

그러나 맺혀있기보다 이미 터져버린 것. 이미 나를 벗어난 것에 대해서는 무관한 입장을 취하려 한다.

이글은 이미 쏟아져 버렸고 발생되었으므로, 이것과 나를 동일시하지 않을 것이다. 책을 썼으나 나는 책이 아니므로 누군가 그것을 향해 손가락질하더라도 무관할 것이다. 이것을 훼손하고 찢는다고 하여도 슬퍼하지 않을 것이다. 좋아하거나 관심을 주더라도 기뻐하지 않을 것이다. 하나의 잘 가공된 세상 속에 작동되는 이름들에 열광하지 않을 것이다. 그 무엇과도 무관할 것이다.

진짜의 나는 이름 없는 실존감이기 때문이다.

여기 누추한 생활을 하는 나를 격려하는 자와 자신들이 만든 환상의 인물을 좇는 자가 잘 보인다. 내 깊은 고백과 고독을 바라봐 주는 이, 여기서 고요한 삶을 살고 있는 나를 응원하는 사람들 곁에 있다.

요즘은 날 것 그대로 갈겨쓴다. 이런 것도 책이 될 수 있다는 걸 최초로 보여주고 싶다. 온통 반듯한 활자와 책들뿐이고, 잘 쓰여진 대단한 책들뿐이다. 나는 자주 그 사이에서 숨이 막힌다. 환하고 표정 없는 얼굴을 바라보며 소스라친다.

나는 온통 구겨진 글을 써야겠다고 다짐한다. 누군가 펴주기를 바라는 마음으로, 나답게, 나 다운걸 지우지 않을 것이다.

나는 그걸 버리면 안 된다. 날 것, 못생긴 것, 구겨진 것, 자꾸만 어딘가에 매달리는 마음 같은 것. 말이다.

Was wär ich ohne dich gewesen?
Was würd' ich ohne dich nicht seyn?
Zu Furcht und Aengsten auserlesen,
Ständ' ich in weiter Welt allein.
Nichts wüßt' ich sicher, was ich liebte,
Die Zukunft wär ein dunkler Schlund;
Und wenn mein Herz sich tief betrübte,
Wem thät' ich meine Sorge kund?

Einsam verzehrt von Lieb' und Sehnen,
Erschien' mir nächtlich jeder Tag;
Ich folgte nur mit heißen Thränen
Dem wilden Lauf des Lebens nach.
Ich fände Unruh im Getümmel,
Und hoffnungslosen Gram zu Haus.
Wer hielte ohne Freund im Himmel,
Wer hielte da auf Erden aus?

Hat Christus sich mir kund gegeben,
Und bin ich seiner erst gewiß,
Wie schnell verzehrt ein lichtes Leben
Die bodenlose Finsterniß.
Mit ihm bin ich erst Mensch geworden;
Das Schicksal wird verklärt durch ihn,
Und Indien muß selbst in Norden
Um den Geliebten fröhlich blühn.

Das Leben wird zur Liebesstunde,
Die ganze Welt sprüht Lieb' und Lust.
Ein heilend Kraut wächst jeder Wunde,
Und frey und voll klopft jede Brust.
Für alle seine tausend Gaben
Bleib' ich sein demuthvolles Kind,
Gewiß ihn unter uns zu haben,
Wenn zwey auch nur versammelt sind.

〈Novalis의 시 중에서〉

누군가 내게 묻는다. 그래서 왜 그림을 관두게 되었냐고, 화가가 되고 싶어 했고 간절히 그 길을 걸었으나 어느 날 문득 '무엇 때문에? 왜?' 라는 근원적 질문 앞에서 대답할 수 없었던 그날, 나는 서서히 그 일을 그만둘 것을 예감했다. 나는 그 무엇도 설명할 수가 없었다. 왜 나는 그것을 하는 것일까. 그 질문은 마치 왜 사는지에 대한 이유를 찾는 것만큼 어렵고 무모했다. 모든 행위에 의미를 붙이는 것에 회의를 느꼈고, 허무했기에, 나는 다음으로 나아가기를 스스로 포기하고 말았다. 나는 그런 방식으로 고유한 삶의 정당성을 찾으려 노력했다. 결핍으로부터의 도망침이었고, 나약에 대한 거부였다. (나는 온갖 이유를 발명하며 나의 가능성으로부터 도망침으로써 또다른 길을 걷게 되었다. 그리고 지금에 이르러 결국은 한 지점으로 다시 돌아왔다. 그것은 글쓰기이다.)

하나의 에피소드가 떠오른다. 결심의 그날을 떠올린다. 그날은 내게 화가로서는 인생의 마지막 전시였다. 과거의 그날 나는 네덜란드 소도시에서 하나의 프로젝트를 공동으로 참여하게 되었던 것인데. 의지와 달리 어쩌다 그곳에 가게 되었다. 아니 기억으로는 끌려가게 된 것에 가깝다. 우리는 독일에서부터 기차를 타고 배를 타고, 섬과 같은 마을에 도착했고, 미지를 발견한 탐험가들처럼 모두 그곳에 집결했다. 새로운 전시를 위해 모인 우리에겐 전시 오픈 날까지는 일주일이라는 시간이 주어졌고, 몇몇 작가들은 사방을 둘러보다가 아예 공간을 방처럼 활용하거나 이불을 깔고 자리를 잡았다.

7일이라는 시간 동안 모두는 갤러리를 자신의 방처럼 생각하거나 작업실처럼 펼쳐놓고 그림을 그리거나 어디선가 낡은 철사와 밧줄을 가져와 무언가를 만들며 설치미술에 한창이었다. 이런 새로운 시도에 모두가 개척자처럼 신나 보였다. 그러나 나는 이 일에 이미 흥미가 떨어진 상태였으므로 무표정으로 일관했다. 내가 왜 이곳에 왔는지 알지 못한 채로, 수동적인 태도로 그저 주변을 관망하기만 했다. 급기야 밀집된 공간과 깨끗한 내부의 벽면, 하얀 여백에 숨이 막혔고, 심장이 뛰었다. 마음이 내게 보내는 불안의 신호였다. 언제부터인가 마치 병동의 환자처럼 하얀 것만 보면 견딜 수 없는 지경이 되었다. (나는 아직도 백지 공포증이 있다.)

당장 나는 곧 시작하는 전시를 위해 뭐라도 해야 했지만, 하루, 이틀 나흘이 지나고도 나는 아무것도 할 수 없었고, 나는 작업을 구상하기보다는 마치 낯선 병동 같은 곳에서 탈출하고 싶은 욕구에 머리를 굴렸다.

백기를 들고 유배지 같은 이곳에서 당장이라도 뛰쳐나가고 싶은 마음뿐이었다. 내가 모르는 곳에서 더욱 아무도 나를 모르는 곳으로. 내가 마음과 싸우는 동안 동료 작가들은 자신의 작업을 하나씩 완수하여 그곳에 자신만의 멋진 세계를 펼쳐냈다. 열정이 대단한 젊은이들의 에너지는 정말 폭발적이었다. 끝없이 펼쳐놓는 그들의 세계는 갤러리 벽면을 넘어서 바깥까지도 이어졌다. 벽화를 그리고 주변이 사물을 끌어와 오브제를 설치하기도 했다. 그 힘에 밀려나 내게 할당된 벽면은 점차 작아져갔고, 그들의 눈빛이 타올라 점점 고조되는 동안 나는 알 수 없는 신음과 함께 점차 시들어 갔다.

이 하얀 갤러리에서, 너무나도 하얀 세계에서, 광활한 우주에서 나의 마음을 알아주는 이들은 없었고, 내가 자리한 곳마저 점점 없어져 갔다.

그렇게 나는 바람 빠진 풍선처럼, 거의 아무것도 하지 못한 채 초조하게 7일이라는 시간이 흘려보낸 것이다. 나는 전시를 오픈 전날 밤까지 결국 아무것도 하지 못했다. 어서 도망가고 싶다. 나가고 싶다. 사라지고 싶다는 생각만 머릿속에 가득했다. 그런 나를 동료들은 격려했지만, 아무런 해결책이 되어주지 못했다. 그들은 저마다의 우주로 넘쳐나는 자신의 작업 밖으로 인심을 쓰듯 나를 위한 약간의 틈새와 모서리 일부를 내어주었다. 나는 헛웃음이 새어 나왔다. 맞다. 여기, 이곳, 현재의 내 마음의 크기는 딱 한 뼘 귀퉁이만큼 작았다.

화려한 색채 사이에 남은 여백에라도 나는 나를 조금이라도 옮겨놔야 했다. 이 프로젝트는 의지와 무관하게 하나의 약속이었기 때문에 어떻게든 완수해야 했다. 서서히 밤이 찾아오고 모두가 결실의 축배를 들 때, 그때 발등에 불 떨어지듯 나는 비로소 무언가 시작하고자 했다. 그러나 아무것도 그릴 수 없었다. 붓을 내려놓고 가만히 숨만 쉬고 있었다. 그러다 문득 충동적으로 한 난어를 직었다. 모르겠다.라고 벽면에 적었다. 모르겠다.로 시작한 문장은 다른 단어를 데리고 나왔다.

그렇게 나의 작업은 그림도 설치물도 아닌 글이 되었다. 그건 독일어도 영어도, 네덜란드어도 아닌 한글이었다. 나는 그곳을 그들이 알아듣지 못하는 언어로 빼곡하게 채워나가기 시작했다. 문장은 간결하게 시작되었지만, 고조되면서 휘갈기고, 박박 긋다가, 시커먼 흔적을 묻히며 점차 마음이 밖으로 새어 나오기 시작했다. 마지 원시인들이 동굴에 문자를 각인하던 것처럼, 나는 유일한 모국어를 새기기 시작했다. 그리고 마치 나의 근원을 밝히기라도 하듯 마음은 이미 확대되고 고조되어 걷잡을 수 없이 터져 나왔다. 나는 이 낯선 타지에서 섬처럼 앉아 쏟아지는 얼굴로 웅얼거렸다. 그리고 하얀 벽을 아무도 알 수 없는 언어로 가득 채웠다. 채우다가 바닥에까지 넘어왔기에 나는 무릎을 꿇고 앉아 마음의 발원지로부터 들려오는 말들을 깊은 곳에서 길어 올리듯 적어 내려갔다.

이미 모든 작업을 마치고 여유 있는 이들은 내 뒤로 서서 그 행위를 바라보았다. 무릎이 닿도록 온몸을 숙이고, 숙이다 기어서, 기다가 엎드려 적어 내려갔다. 한 단어를 수십 번 쓰기도 했고, 종종 고개를 갸웃거리며 미간을 좁혔고, 어떤 문장을 물결처럼 흘려쓰기도 했다.

그러는 동안 나를 장악했던 감정은 서서히 사라지고 온통 그 행위만을 몰두했다. 마치 모든 적요가 그곳에 고여든 것처럼 말이다. 나에게 주어진 이 작은 여백만큼은 나만의 신전 같았고, 경건하기까지 하여 내 주변으로 다가온 이들을 모두 침묵하게 했다. 이곳엔 침묵만이 모여들 수 있었다. 내가 점유한 이 벽면의 모서리는 사람들의 웃음과 소음마저도 빨아드리는 신기한 차원이었고 정숙함만이 깃들여 있는 것 같았기에, 누군가의 입을 가로막고 거기 오래 서 있게 했다. 그렇게 나는 아무도 모르는 나의 언어로, 썼다. 지긋지긋하다.라는 말도 쓰고 거지같다. 라는 문장도 썼다. 그림 그리기 싫다.라는 단어도 적고, 이곳에 있는 것이 끔찍하다.라는 말도 적었다. 탈출하고 싶다는 말도 적었다. 그 단어를 적을 때면 진심이 가득해 마치 활자가 바람처럼 휘몰아쳤다. 누군가는 손가락으로 내 글을 가리키고 누군가는 박수를 치기도 했다. 한둘 모여들며 웅성웅성하기 시작하자 나는 그렇게 쓰고 싶은 글을 다 마친 후 '마지막 전시'라는 제목으로 작업을 마무리했다. 모두 그 광경을 신기하게 바라보았고, 누군가는 환호했다. 개 중 잘난 척하는 몇몇은 자신이 아는 단어가 거기에 있는지 찾아보며 해석하기도

했다. 그러나 다행히 내가 쓴 문장을 해석한 사람은 아무도 없었고 비로소 통쾌함마저 들었다.

전시 오픈 당일 많은 사람은 화려한 그림들 사이에, 모퉁이에, 작은 틈새에 놓여있는 한 존재의 흔적을 유독 흥미로워 했고, 활자들을 큰 눈으로 바라보았다. 갤러리의 다채로운 작업 중에서 내 문장은 유일하게 모노톤이었기에 더 눈에 띄었던 것이다. 다른 우주 사이에 끼어 있다가, 결국은 바닥으로 쏟아져 내린 활자는 나를 충분히 닮아 보였다. 그들은 여기 모든 그림 중에서 내 낙서에 유독 흥미를 느끼며 해석할 수 없었기에 아름다운 그림이라고 좋아했다. 어떤 필체에는 감정이 보인다고 했고, 슬픔이 보인다고도 했다. 내게 무엇을 쓴 건지 계속해서 물어봤다. 그러나 대답할 수도, 이것을 말하거나 아무도 평가할 수 없었다. 관람객이 갤러리를 꽉 찼다. 누군가는 꽃을 들고 돌아다녔고, 누군가는 축배를 들며 고상한 대화를 나누고 있었지만, 누군가는 이곳의 활자를 깊이 바라보았다. 화려한 작업 사이 내 글이 가득한 곳으로 사람들이 몰려들었고 나는 대화를 나누는 그들의 뒷모습을 바라보다가, 그대로 자리에서 일어나 뒷걸음치며 소스라치듯 바깥으로 달려 나갔다. 그리고 그대로 내 몸이 더는 걸을 수 없는 한계치까지 걸었다. 걸어도 걸어도 내가 모르는 풍경과 미지만 펼쳐졌다. 그 모습이 마치 내 삶 같아서 이름 모를 항구에 다다라서야 흐르는 물을 보며 펑펑 울었던 것 같다.

어떤 면에서 나는 그 프로젝트에 성공했다. 그러나 그날 나는 나에게 완전히 실패했다. 왜냐하면 문밖을 나서며 더는 이 일을 하지 않겠다고 다짐했기 때문이다. 나는 그림이라는 꿈으로부터 여러 차례 탈출을 시도했다. 그날 나는 물가에 앉아 기도하듯 내게 마지막을 고했다. 더는 그림을 그리고 싶지 않다고 말이다. 전시는 결국 오랜 전공과의 이별을 고한 작별식이 되었다. 나는 이전의 나와도 완전한 사별을 고했다.

시간이 한참 지나 그날을 종종 떠올린다. 그 뒤로 나는 그림을 너는 그리지 않았고, 그 전공을 생각하지도 말하지도 않았다. 십수 년간 몸담았던 직업은 내게 금기사항이었다. 진혀 다른 삶으로 나아가고 싶은 마음뿐이었고,

그렇게 붓을 들지 않은 지 십여 년이 지났다. 그리고 그날 이후 나는 예술, 이라는 말을 가장 혐오하게 되었다.

그러나 지금 와서야 회자해 보며 놀란다. 그림을 포기한 그날은 내가 글을 시작하게 역사적인 날이기도 하다. 더는 예술 따위를 하지 않을 것이라 다짐하면서도 거기서 완전히 벗어나지 못하는 지금의 삶에 이르러 나는 문장을 쓴다. 쓰는 인간으로서, 나는 여전히 마음의 표현을 해야 간신 살아가는 인간으로서, 나는 무어라고 계속해서 표하기를 멈추지 않는다. 그건 내가 어딘가에 매달리는 방식, 나약하고 흔들리기 쉬운 자아가 세상에 살아가는 방식이기 때문이다. 이 행위는 의견이고, 목소리다. 세상을 향한 절규이면서도 경고이다. 반항이고, 비웃음의 존재감이다.

❖

어느덧 시간이 한참 지난 현재에 이르러서야 다시금 그날과 비슷한 감정 속에 서 있다. 오래전 그림을 포기했을 때와 같은 마음에 봉착했다. 세상 속 멋진 글들의 포화상태 속에서 다시금 도망치고 싶다. 숨 막힌 채로 저마다의 멋진 문장들 사이에서, 나는 작게 서 있다.

때로는 모르겠다고 쓰고, 때로는 지독하다고 쓰고, 때로는 한심하다고도 써보는 것이다. 다시금 오래 상념 속에 펜을 내려놓고 고뇌에 빠지게 되었다.

'왜, 무엇 때문에, 쓰는 것인가.' 이러한 물음은 말을 멎게 한다.

모르겠다. 지긋지긋하기도 하고, 공허할 때가 있다. 모든 나아감에는 허망함이 있다. 그러나 우리는 허망함으로 나아가야 한다. 미지의 것, 아무것도 아닌 것, 없는 것, 사라지는 곳으로. 미약하지만 계속 흔적을 새기며 나아가야 한다. 단지 무모를 향해 나아간다. 무의를 향해 나아가는 것이라고 쓸 뿐이다.

이 글은 그 근원에 대한 물음의 기록과 가깝다. 아무것도 남지 않을 만큼 질문이 해결되어서 더는 그 무엇을 하지 않아도 될 때까지 쓴다. 만약 그 대답을 발견한다면, 글을 쓸 이유마저도 상실할 것이니.

(완전한 상실. 그것이 나의 원대한 목표이다.)

Kunstgeschichte (prof. Blum)

mittwoch 16:00 - 18:00 Uhr.

Beginn   22.04.2009

◎ Hell und Dunkel (prof. Blum) - hauptstudium
- mit Amsterdam - Exkursion
  Blockseminar am 19/20. Juni   9.00 - 18 Uhr .
  Exkursion 20
- Vorbesprechun

◎ 53. Biennale
  Vorbesprechung

◎ Videokunst
  Anmeldung [Freitag]

◎ Die Phant
  montags
     Dienstag
  20.04.2009

◎ Werkstatt Kur

Judith Leyster
(1609 - 1660)

Early 20th century
American painting

v Marsden Hartley

v Andrew wyeth
  < gift of charles H. Ho
    Wind from the Sea .

v Robert henri

v John Sloan

u George bellows.

v William Merritt chase.

v John singer sargent.

종종 이전의 미술 동료들은 다시 그림을 그리지는 않을 거냐고 묻곤 한다. 요즘에 들어서야 다시금 내 전공이 었던 그림을 다시 시작하고 싶다고 자주 생각한다. 어떤 멋진 전시를 늘 꿈꾼다. 그래서 그림을 그리고 싶다. 내 키만 한 캔버스에, 근사한 그림을 완성하여 사람들을 잔 뜩 초대한, 화려한 전시를 열고 싶다고 생각한다. 많은 사람 앞에 반짝이는 눈빛을 한 채, 이것을 완성하기까 지 얼마나 많은 밤을 지새웠는지 이야기하는 상상은 즐 겁기까지 하다. 그러니까 나는 사람들 앞에서, 밤새 고 심하며 여러 달 그린 그림을 찢어버리거나, 전시장에는 그림 말고 그것의 흔적으로만 남은 팔레트를 걸 것이다. 팔레트를 전시해야겠다고 생각한다. 그건 정말 멋진 일 이라고 생각한다.

나는 철이 없었고, 늘 이단아였고, 늘 어떤 규율을 극도 로 증오했다. 사람들이 가는 길을 가지 않고, 또 모여있 는 이들을 피해 다녔다. 집단은 늘 위험했다. 그들은 거 짓과 환영에만 열광했고, 위협적이었다. 나는 늘 홀로 서 있던 까닭에 되려 더 눈에 띄고 외로운 존재였지민,

내 스스로는 어디에도 소외된 적 없었다. 나는 이따금 정말 끔찍했고, 그래서 특별했고, 내 존재감은 어디에 있어도 드러났다. 드러났기에 조롱당했다. 조롱받았기에 이를 악물었다. 나는 온화하지 않았기에 수긍하지도 않았다. 그래서 혼자 지껄이는 방식으로 삶과의 투쟁을 이어나갔다. 글쓰기는 내가 세상에 투쟁하는 방식이 되어주곤 했다. 그 방식은 지금까지도 유효하다. 이것은 내게 허용된 마지막 반항과도 같다.

❖

세상의 모든 책의 표정 없는 활자와, 드러내지 않는 속내를 향하여 반항하듯이, 쓴다. (그러나 나는 요즘, 모든 활자에 흥미를 느끼지 못한다. 타이핑하지 않는 필체 그대로 출간하고 싶다고 생각한다.)

❖

오타 따위를 잡느라 수십 시간을 소모한 시간이 참으로 허망하다. 하지만 이건 사회의 규칙이다. 나는 어느 정도 그에 동의할 필요가 있다. 그렇지 않으면 항의를 받을 수도 있다. 도무지 왜 그래야 하는지 모르겠는 규율은 삶 속에 계속해서 추가되어 간다.

쓰던 글을 내려놓고 산책을 나선다. 노트를 덮는 것만으로 하나의 세계를 끝장낸다. 그러자 곧이어 또 하나의 세계가 펼쳐진다. 호흡이 가장 많이 닿는 그곳이 참 세계이다. 거친 숨소리와 폐부 깊이의 호흡, 거기서 나는 생존을 확인한다. 존재감을 느끼는 것, 그 역시 내가 쓰는 이유이자 삶의 이유이다.

존재감을 느낀다,

점차 혼자된 기분을 그대로 느끼곤 할 때, 더는 사람들과
할 수 있는 말이 없을 것 같을 때, 더는 대화가 통하지 않
는다거나 다수의 삶과 거리를 느낄 때, 군중 속의 외로움
을 느낀다. 그러나 진실로 다가가기 위한 삶은 층층의 산
으로 이루어져 있고, 경험하지 못한 삶에 대해서는 그 누
구도 알 수가 없는 법이다. 점점 더 높은 곳을 오를수록
사람들의 자취는 점차 줄어들고, 이제는 본연의 의식만
을 의지하고 밝히며 오를 수밖에 없다.

날카로운 기암괴석과 짐승을 피해 다다른 정상에서 바
라본 하늘의 별이 얼마나 거대한지, 마을의 빛과 세상의
고통과 슬픔 따위는 얼마나 미약한지, 아무리 설명해도
그 마음을 겪은 자 없으며 본 자 없다. 아무에게도 이해
받을 수 없는 삶이 점차 크게 현현한다. 그곳에 서게 된
다면 누구든 말을 줄이게 될 것이다. 할 수 있는 말이 더
는 없기 때문이다.

내 안의 자아를 타파할 때, 의식은 한 단계 진보하기에
진리에 다가가려는 노력은 고독하지만, 근원으로 다가가
기 위한 저마다의 몫의 삶이 있다. 우리는 그 몫을 그저

묵묵히 수행해 내야 한다. 말할 수 없는 것으로부터의 침묵은 내게 순도 높은 영혼이라는 사실을 계속해서 상기한다. 그것은 가장 밝은 존재의 빛이고, 아무나 얻을 수 있는 것이 아닐 것이다.

그렇게 저마다 아무도 궁금해하지 않고 아무도 들으려 하지 않는 생의 본질에 도달해 가는 길은 마치 금언과도 같고 투쟁과도 같다. 종의 보편성 속에서 얼마나 다양한 심층의 의식이 있는지 발굴하고 탐구하는 일. 글쓰기는 개인적인 기록이기 이전에 한 성숙한 개체가 어떻게 생존하며 성장하며 사라져 갔는지에 대한 처절한 역사이기도 하다.

여전히 길을 걸으면 모르는 미지가 펼쳐지고, 나는 미래를 향하여 한없이 걷고 있다. 아무도 관심 주지 않고 아무도 궁금해하지 않는 것을 밤새 지껄이자. 무엇을 어떻게 써야 할지 여전히 모르겠지만, 글은 어쨌건 존재의 양식이고 메아리이므로. 내가 나를 불러주는 심연의 자장가이므로.

Heimkehr

Nun bin ich lang gewesen
Im fremden Land zu Gast,
Und bin doch nicht genesen
Von meiner alten Last.

Ich suchte allerorten
Das was die Seele stillt,
Nun bin ich stiller worden
Und neu zum Leid gewillt.

Komm her, gewohntes Leiden,
Ich wurde satt der Lust.
Wir wollen wieder streiten
Und ringen Brust an Brust.

나는, 오랫동안 낯선 세계의 손님이었다 /

그래서 나는 아직 / 세계 오랜 잠으로부터
— after Last

회복되지 않았다.

(모든 장소마다)
나는, 모든 장소에서 찾았었다,

고요한 영혼을 /

지금의 나는 고요한 사람이 되었으니

새로이 그곳을 희망한다 /

(친숙한)
익숙한 그곳아, 여기로 오너라,

나는 욕망에 가득하니 /

우리 마지, 가슴과 가슴을 치며,

~~그곳에~~ 싸우자 —

(헤르만 헤세) 시 中에서

시체의 도시, 꿈을 강박의 우리리 속에서 살아가는

도시인들, 여기서 나는 더 이상 삼자이 되지 않는다.

나는 자신의 삶의 문맥 속에 무의있게 뛰어든 사냥들을

만나고 싶다. 마음의 위협 속에서 주춤하지 ~하는

사냥들을,

—

이 세계는 어쩌리 하늘 쓸수록 강력해지는 적이

되어가는 듯 하다. 그리하여 항배기 자아를 버릇기

역가디 상태로서 머웃게, 시야각 이전의 시야각 없을

ㄴ 영역으로 근접해 가는 노망앙이 가치있다.

원초적 거대한 상태를 지향하기 —

레이라는 방명

05

나는 늘 사회가 규정한 것에 대한 불편함이 가득하다. 엄격한 규율의 환경 속에서 성장했고, 누구보다도 삶에 대한 의문을 늘 품고 살아왔다. 삶이란 무엇인가, 나는 누구인가, 그러니까 고통이란 무엇인가. 아무리 탐구해도 세상은 여전하고 바뀌는 것은 없어 보였기에 오래전의 어렸던 나는 신의 실패작이며 잘못 태어난 죄라 여길 뿐이었다.

아이였을 때, 학교가 끝나 귀가하는 길목마다 어른들은 초코파이를 들고 웃으며 마중 나왔다. 구원받을 수 있다고, 달콤한 귀띔을 하며 나를 어디론가 데려가곤 했다. 오르간 연주와 마이크를 타고 오는 수상한 이들의 설교, 그리고 모두가 무언가에 홀린 듯 합창하는 노랫소리를 낯선 눈빛으로 바라보며 나는 몰래 도망치기 일쑤였다.

사회는 언제나 가짜를 진짜라고 했고, 세상은 언제나 이해하지 못하는 것 투성이었다. 앞선 내 요행기를 읽어서 알겠지만, 이토록 내 삶은 제멋대로였다. 나는 태어나서 단 한 번도 직장을 다녀본 적이 없다. 오전에 출근하여 퇴근하는 보통의 그런 삶을 살아본 적이 없다.

타인이 스펙을 쌓는 동안, 나는 이렇듯 세계의 곳곳을 방랑했다. 친구들이 서서히 진급하는 동안 나는 돌연 시골로 귀촌해서 감 농사*를 지었다.

그리고 현재의 나는 결혼의 이유를 찾지 못한 까닭에 독신으로 살고 있으며 그 마음은 아직 유효하다. 학창 시절부터 예식이나 명절 등의 행사, 제사 따위에는 회의적이었고, 명절마다 분주히 주방에 모여든 여자들의 노역 따위에 관심이 없었다.

나는 늘 극단의 삶으로 치달았다. 모든 방식으로 나는 세상의 믿음과 통념 그러니까 모두가 맞는다고 규정한 것들을 거부했다. 경험하지 않는 것을 신뢰하지 않았기에 타인의 말을 듣지 않았고, 늘 세상에 몸소 부딪히며 나만의 삶을 터득해 나갔다. 세상 어디에도 닿지 않을 때까지 떠돌아다니기도 했고, 집시처럼 아무 데서나 자고, 아무나 만나며 방황하기도 했다. 그럼에도 삶의 의문이 풀리지 않자 깊은 수행에 들어 나를 밝히고자 애썼다. 스스로 숱하게 질문하는 동안 길 위에서 만난 귀인들은 내게 진실을 눈앞에 펼쳐 보이기도 했고, 지친 심신을 보살펴

*이 이야기는 『한때 내게 삶이었던』과 『리타의 정원』에 수록되어 있다.

주기도 했다. 그럴 때마다 나는 마음의 방향을 조금씩 바꿔나가며 그들의 행적을 따라 걷고 걸었다.

독일에서, 지리산에서, 캄보디아에서, 메콩강에서, 바라나시에서, 보드가야의 보리수나무 아래에서, 룸비니 사원에서, 카트만두나 포카라에서, 박타푸르와 히말라야의 이름 없는 고산마을에서, 때로는 마하라지의 아루나찰라나 붓다의 전정각 산꼭대기에서, 나는 내게 삶을 물었다. 그리고 깨달음을 얻은 성인의 발자취를 좇으며 이 방향이 그릇되지 않다는 막연한 믿음으로 수년간 유랑했다. (그림을 포기한 이후의 삶은 이런 식이었다.) 그러나 결국 나는 아무것을 얻지도 깨닫지도 못한 채 돌아왔다. 내가 찾으려는 것은 세상 어디에도 없었다는 사실만 명징해져갔다.

방황하는 동안 어느덧 그날의 고통으로부터 점차 벗어나 타인과는 조금 다른 삶을 걷게 되리라는 운명을 받아들이기에 이르렀다. 그리고 나는 평범하게 살아갈 수 없는 사람이며 수행하는 생을 살게 될 것이라는 예감이 지배했다. 당시 귀국 후 나는 지리산 마을로 갔다.

비구니가 되기로 작정하고 집을 나섰던 기억이 난다. 불교에 귀의하기 위해 여러 차례 출가를 시도했으나 도무지 종교를 가질 수 없었고, 신과 불법을 믿을 수 없었다. 아무리 생각해도 신은 교리에 없었기에, 그 소망은 결국 실현되지 않았다. (특정 신을 믿지는 않지만, 그 무엇은 믿는다. 신은, 어디에도 있다고 말이다.)

⚜

사람들은 여전히 이해할 수 없는 풍습을 따르며 내게 무언가를 강요하지만, 나는 관여하지 않는다. 물론 내 생각이 모두 맞는다고 여기지는 않는다. 다만 나는 어떤 행위에 앞서 늘 왜, 라는 질문을 달고, 그것을 수긍하고 스스로 명확한 답을 찾기 전에는 행동으로 이어가지 않을 뿐이다. 이런 나를 아무도 통제할 수는 없었다.

삶은 거의 모든 시간 나를 휘두르려고 한다. 삶은 계속하여 주인행세를 하려 들고, 의존적이고, 수동적인 마음은 늘 상내한 어떤 존재에게로 끝없이 향한다. 내 목숨도 마치 내 관여가 아닌 것처럼, 어찌할 수 없는 힘의 방향으로, 삶은 나를 복종하게 한다.

심지가 작고 나약할수록, 자유를 갈구하면서도 안주하고 싶은 배반적인 정신은 나를 이상한 미래로 자꾸 끌고 가는 것이다.

⟡

어느덧 나는 모든 것으로부터 독립하여 자력을 키워나갔다. 무수히 넘어짐으로써 굳은살을 키우는 방식으로, 마음의 악력이 제법 굳건해 거친 바람 사이로 잘 넘어지지 않을 때까지 말이다.

아니, 나는 나를 무수히 의심하고 의심했다. 좌절하고 실망하는 방식으로 의미를 발견하려 했다. 존재는 각자만의 고유한 의미가 있지만, 나는 그것과 무관하게 내가 연마하고 익힌 생존법으로 살았다. 나는 집단의 보호와 위안과 희망이라는 일루션*에 의지하기보다는 고독과 절망, 두려움과 공포뿐인, 사람들이 기피하는 모퉁이에 혼자 있는 편을 택했다.

세계에 동떨어져 나와 이곳에 서 있는 이유는, 진실은 언제나 불편한 곳에 있다고 믿었기 때문이다. 그리하여 나는 늘 면이 많은 모퉁이에서, 세상을 바라보는 입장을 취했다. 세상을, 삶을, 그리고 거짓과 열광을, 누군가 나를 끌어내 세상 한가운데로 내동댕이칠 때마다 온 힘을 다해 뿌리쳐 다시금 내 위치로 되돌아오기를 반복했다. 그렇게 마음의 수신호에 따라 행할 뿐이었다. 그리고 어느덧 타인이 가지 않은 길과 타인이 미처 놓친 의식의 깊은 뿌리에서 무언가 알 것 같은 느낌이 들 때가 많았다. 근원에 대해서만 생각했다. 근원과 진화에 대해서만 떠올렸다. 나는 나 자신이 단 한 번도 사회의 무리에 속하지 않은 채 살아남았다는 사실이 기적 같기에 자부심을 느끼면서도, 나를 지켜내기 위해서 너무 많은 힘을 소모했다.

이렇듯 나는 거대한 집단 사회 속에 홀로 서 있었던 것이다. 세상은 늘 시끄럽고도 거칠게 흘러가고, 나는 타성의 물살을 견디며 역행한다. 일진일퇴하지 않는 하루는 나의 목적이고, 그것만으로 충분히 하루를 소진하기에 이른다. 나는 시류에 휩쓸리지 않을 나만의 중성부력을 오래 찾고 있었다.

집단의 보호와 위안으로 희망이라는 아류서*

인간 사회는 제로적 집합체이다. 인간은 분열한 존재
이며, 내측 붕괴와 미래의 두려움을 가지고 있으며
인간은 공포를 자력으로 타파하기보다는, 집단 사회에
동일하게 진퇴되어 있다. 인간은 개인의 불안을
달래기위한 사회적 아류서을 끝없이 만들어 내고,
믿어야 하는 섭리을 지니고 있다. 인간은 안전을
보장받기 위해 사회에 축해, 역동을 상징하고 예측
함으로써 본인 심리를 보상받는 존재이다.
종의 보존이나 사회본능에 의해 거대 집단의 환상에
적합함은 저응의 방식이 된다. 인간은 타자타의
동일라에 우산라을 시호함으로써 본인의 나약을
연지려 한다. 그러나 그런 방식은 고통을 더 추대버
할 뿐이다. 우리는 두렵고 의상스러운 수긱 본자을
리뎌한 채, 타상에 더 매달린다. 그렇게 만들어진
세상의 한쪽 뒤로 뒷거룸처럼 웃거나 세상을 바뻐본다.

온통 거지와 반역이라 할뻔히 세계를 지나쳐 간다,
그리고 지뢰처럼 여기저기 터지는 아우성을 피해 간다.
사은 결코 이런 이류를 좋아할 리 없다, 라고 생각 한다.

—

우리는 존재를 개념화하는 것이 아니라, 개념 속에
존재를 본다. 우리는 존재를 세상화하는 것이 아니라,
세상 속에서 존재를 본다.
그리은 삶이라는 환상, 동물적인 인간적이다

이 기민하고 유별난 의식은 어쩌면 나를 자연스럽게 이 곳 지면 위로 데려왔는지도 모른다. 이 방식 말고는 세상 과 소통을 할 방법을 찾지 못했기에, 인생의 모든 시간이 사회와의 투쟁과 외로움에 대한 저항으로 물들여져 있 기에, 그러나 어느덧 삶의 모서리는 서서히 마모되고 부 드러워져서 저편의 삶을 밀어내기보다는 현실을 수용하 는 자세를 새롭게 익히게 되었다. 현재에 다다라서야 심 적 자아와 현실적 자아를 분리해 바라보기에 이르렀다. 서서히 나이를 먹어감에 따라 유순해진 나는 더는 사회 를 거부하지 않게 되었고, 그것을 차라리 나의 편으로 이 용하고자 마음먹었다. 적당히 타협함으로써 적당한 평 화를 보상받는 식으로 말이다.

꽃

그렇게 또 하나의 비밀을 쏟아냈다. 그래서, 그렇게 대항 하여 무엇을 얻었는지 묻는다면 여전히 까마득하다. 진 리와 의미는 계속 변화하여 지금에 이르러서 하나의 화 두만을 목적으로 한다. 그러니까 '의미를 찾는 기존의 방 식'은 완전한 오류였던 것이다. 그렇게 나에게서 멀어져 가며 나는 비로소 이곳 현재에 도착했다.

내 마음도 어쩌면 사계를 다 지나쳐서야 비로소 무르익
으며 완성되었다고 할 수 있는 것 같다. 적어도 지금은
말할 수 있다. 다 보았노라고. 분노와 절망을, 열의와 실
의를, 비운과 환희를, 희망과 용기를, 그리하여 살았노라
고. 그것이 삶이라고.

삶은 굉장히 섬세하고, 선명하고, 끔찍해보인다. 그리고
눈부시고 아름답다. 그러니까 삶은 미시적인 관찰에서
부터 거시적인 세계의 모험을 동시에 하는 것이다. 내면
과 외면의 최고치에 도달해 보는 것이다. 더는 스스로를
파멸하거나 주변 환경을 파괴하지 않으며 나는 계속해
서 나를 극대화하는 시도를 하고 있다.

결국 나는 무엇을 찾으려 했던가, 온 마음으로 오체투지
를 하며 보이지 않는 신에 다가가려 했다. 신성하고 고결
한 삶의 의미를 찾아가고자 했다. 그것이 유감스럽게도
나를 종교와 예술의 테두리에서 계속 맴돌게 했다. 신의
목소리를 옮기며 기도하는 성직자처럼, 겁은 어둠 속에
서 무한한 백지를 마주하는 예술가처럼. 그러나 그런 방
식으로 찾을 수 있는 삶은 그 어디에도 없었다.

어떤 의미에서는 종교와 예술은 다르지 않아 보인다. 예술이 무엇인지 잘 모르지만, 그것은 믿음의 영역이라기보다는 믿음을 의심하는 영역에 가깝게 느껴졌다. 그것만이 신에게 다가가는 길임을 나 홀로 굳건히 믿고 믿었다. 신은 인간의 믿음과 인간이 규정한 모든 것의 경계를 뛰어넘는 곳에 있다는 사실 말이다.

우리는 저마다의 삶의 순례자들이다 .
책을 접하고, 문화를 접해야만 하는 것이 아닌 ,
저마다의 발자취 가는 대로, 한 발짝 내딛는
풍기는 라젬 속에서 배려버리는 것이 있다,
나아가 자연에서 하늘을 올려다보며 ,
바람을 들고, 태양을 느끼고, 나무를 바라봐주는
마음의 순례로부터 우리는, 지향하는 삶에
다가갈 수가 있는 것이다

기억이 되지 못한 것들과 현재가 되지 못한 시간, 살아 볼 뻔했던, 무수한 선택의 갈림길에서 누락된 내 모습을 떠올려 보곤 한다. 내가 밟지 않은 시간, 거기서 겪었을 수도 있는 수많은 우여곡절까지, 이 현재에 당도하느라 겪지 못한 마음까지. 영영 깨어나지 않는 시간을 떠올리면 너무 광활하고 깊어서, 그것까지 삶이라 부를 수 있을 것 같다.

❖

순간의 결정은 계속해서 우리에게 갈래의 길을 보여주고, 선택된 길은 또 다른 세계를 보여준다. 시작점은 같으나 전혀 다른 삶으로 전개되는 인간의 삶을 생각한다. 나를 어디까지고 머무르게 하지 않고 좀 더 나은 환경으로 나아가게 하는 원력에 대해 말이다. 그것은 마음과, 믿음과 용기 같은 것이다.

❖

어떤 방향으로 치닫는다고 하여도 마음을 잃지 않으려는 마음이 나를 구하는 것 같다. 내가 지키고자 하는 것들이 나를 지키고 있다는 생각이 든다. 모든 길을 되돌려

놓고 어떻게 이 현재에 도달하였나 떠올려 봤을 때, 잃지
않으려는 그 마음이 나를 끌고 온 것 같다.

그리고 이렇게 무수히 가셨던 가을 다시
수거하여 수렴해본다. 멀게 돌아왔으므로
영원히는 이 안에서 안락을 누리고 싶다.

무엇을 그리 찾으려 했단 말인가. 누군가 묻는다면 이렇
게 대답할 수 있을 것이다. 나는 단지 삶의 진리를 찾고
싶었다. 그 속에서 현존하는 방법을 배우고 싶었다. 사는
게 왜 이토록 고단한지, 왜 이토록 버거운지, 알고 싶었
다. 그리고 왜 이렇게 살아갈 수밖에 없는지 말이다. 그
러나 알고 싶어 하는 곳에는 아무것도 없었기에 나는 언
제부터인가 자포자기의 심정으로, 온몸에 힘을 풀게 되
었다. 아무런 힘이 들어가지 않아 그 어디에도 닿을 것
같은 심정으로, 발버둥 치거나 대항하고 부딪히는 방식
이 아니라 모든 힘을 뺀 채, 그 물결을 타고 흐르는 방식
을 취하게 된 것이다.

과거의 나는 내게 주어진 현실과 이상에 자주 실패하곤 했다. 그것은 나아가는데 너무 큰 허방처럼 나를 엄습했고, 현실과 이상의 간극을 좁히기 위해서 너무 많은 삶을 소진했다.

과거 실패했던 화가의 삶을 돌이켜보며 지금 글을 쓰는 작가로서의 삶을 보완해 나간다. 점차 나이를 먹어가며 노련해진 마음으로 말이다. 현실과 이상의 간극 따위는 (내가 설정한 환상일 뿐이며) 없다는 것을 알게 된 이후부터 나는 조금 더 평화로운 인간이 되었다.

여기서부터는 현재의 내가 과거와 다른 생존법으로 살아가는 이야기이다. 나는, 과거에 하나의 몸으로 살았고, 지금은 두 개의 몸으로 살아간다. 본성적 자아와 환경적 자아를 편애하지 않고 둘 다 살아내고 있다.

이것은 내면과 외부의 서로 다른 자아가, 어떻게

상반하는지에 대한 글이다, 그 양겹화 자아가

어떻게 맞대고 살아가는지, 중국에 대항에 성공하여

각자의 자아가 어떻게 서로를 구축하지 않으며,

무한한 상방받을 명예하는지에 대한 이야기다.

그러니까 숨어있습 니다, 이들은 지난 처녀, 싸움계를

책임가도 나 사이어 긴연을 보저하는 방식으로

결국에는 자위로움을 틱득하게 되기까지더 수낼기이다.

중립적 자아

/ 06

이전의 나와 현재의 내가 달라진 것이 무엇이냐면, 현실을 수용하게 되었다는 점이다. 이전의 나는 오로지 이상만으로 살아왔다. 원하는 것을 늘 목표했고, 그것을 어렵지 않게 이루어왔으며, 그러나 그것을 획득하고 나면 반복해서 포기하곤 했다. 원하는 것을 이루었을 때, 거기서 직시한 또 다른 불쾌감이 나를 엄습하곤 했다. 그리고 나는 직시한 현실을 다시금 외면하기를 반복했다.

그러나 나는 이상과 현실이 다르지 않음을 이제는 완전히 수용하게 되었다. 추구하는 것을 지키기 위해 추구하지 않는 것도 지켜줘야 하며 원하는 것을 얻기 위해 동등한 양으로 원하지 않는 것을 감수해야 한다고 말이다. 이상과 현실이 실은 한 몸이라는 것을 이제는 받아들인 것이다. 그리하여 어느덧 양립되지 않고 한쪽을 굴복시키고서야 업무를 멈추는 두 자아 간의 협력은 비로소 체결되었다.

여기는 현실을 살아가는 자아와 이상을 살아가는 자아가 등을 맞대고 살아가는 몸이다. 섬세하고 연약한 자아는 가장 심약하고 외로운 존재로서 마음을 쓰는 업을 부여받았으며, 나는 그 두 상반된 자아를 거느리는 입장을 취한 채 그 누구의 편도 들지 않기 위해 노력한다.

나는 내 환경적 자아의 생태를 존중한다. 그리고 동시에 본성적 자아를 돌보는데 공들인다. 내면의 자아는 너무나 예민하고 여린 속살을 지녔기에 조심스럽다. 반면에 외부의 자아는 굉장히 치밀하고 계획적이고 현실적이어서 내면의 자아의 목소리를 바깥으로 옮기며 제 일을 착착 완수한다. 나는 현실과 이상, 두 개의 자아를 키우며 그것의 몫을 분배한다.

어떤 날은 절반만으로 살아가고, 어떤 날은 그 반대편으로 살아간다. 양면의 칼날을 가지고 살아가는 양가감정을 포용하는 것이 나의 몫이고, 이제 그것은 나의 숙명이 되었다.

중도를 지키는 삶은 빙판길 위에서 힘의 균형을 잃지 않고 자전거를 타는 사람과 같다. 외연이 솝아지면 현실을 버텨낼 재간이 없다. 외연만 확장하면 자극에 쉽게 내면이 손상될 것이다. 현실과 이상은 분리의 개념이 아니라

상생의 개념이기 때문이다.

꧁

두 개의 내가 천천히 거리를 좁히며 다가간다. 마주하기 싫은 불편한 진실을 향해 도망가지 않고 마주 서려는 사람은 조금 더 고독에 가까워질 것이다. 그러나 뿌리치지 않고 다가갔을 때, 어느 날 나를 지배했던 불온한 감정으로부터 해방될 것이다. 진실에 가까워지는 일은 이 방법밖에 없음을 알게 될 것이다. 나를 장악하고 있는 페르소나 그리고 공포와 불안은 그 순간 소멸하기 시작할 것이다. 이 문장을 이해하게 된다면 당신도 알 것이다. 아슬아슬하게 저울질하는 양면의 자아 중에, 분명 가짜는 해체되고 만다는 것을 말이다.

꧁

해방이란 부정적인 것에서의 해방이 아닌 긍정과 부정이라는 한 쌍의 전체로부터의 해방이다. 따라서 대립의 투쟁을 해소하는 데 필요한 것은 서로 투쟁하는 대립 중 긍정적인 쪽을 취해 진보시키는 재주 부리기가 아니라 모든 경계를 명도하는 것이다.

대립의 투쟁은 경계를 실재하는 것으로 받아들여 생긴 하나의 증상이며 그 증상을 치료하기 위해서는 환상적 경계라는 문제의 근원과 직면하지 않으면 안 된다. 대립이 실은 하나라는 점을 알게 될 경우 불화는 조화로 녹아들고 우리는 전 우주의 단지 절반만이 아니라 우주의 모든 것과 친구가 될 수 있다. _ *kenwilber*

궁극적인 형이상학의 비밀이라면 이 우주에는 그 어떤 경계도 없다는 것이며 실재의 산물이 아니라 우리가 실재를 작도하고 편집한 방식의 산물, 즉 환상이다. 따라서 영토를 지도화하는 것은 괜찮은 일이지만 그 둘을 혼동하는 것은 치명적 오류이다. 모든 경계는 동시에 소외단편화 갈등을 수반한다. 왜냐하면 무언가에 대한 통제력을 얻기 위해 경계를 설립할 경우 그와 동시에 통제하려는 것들로부터 자신을 분리시키고 소외시키기 때문이다. _ *Noboundary territory*

대립의 한 쌍을 넘어선 사람은 얽매임에서 쉽게 풀려난다. _ *Bhagavad Gita*

*언제부터인가 나는 자신의 고상한 관념 속에서 살아가는 이들에 동의하지 않게 되었다. 한쪽으로 치우친 사상으로 살아가는 모든 방식 말이다. 하나의 극단을 선택했을 때, 양쪽 진영의 무게의 추가 기울어져 있을 때 나타나는 마음의 오작동에 대해서 말하고 싶다.

정확히는 모든 것을 관통한 후 얻은 경험의 해안은 현실 회피와 다르다. 반복해서 말하지만, 우리는 두 가지의 양립할 수 없는 면모를 동시에 지낸 채 살아갈 수밖에 없다. 왜냐하면 우리의 절반은 이상에 놓여있고, 절반은 현실에 놓여있기 때문이다. 그리하여 절망과 희망이 전혀 다른 단어가 아니며 모든 면모를 이분법적으로 나눠서 생각하거나 행동할 수 없다. 산속 토굴 수행하는 스님의 명상은 이 도심에서 의미 없다. 누구나 고요한 환경 속에 평화롭다. 그러나 우리는 이 생계와 밀접한 현실에 더 많은 삶을 배분하면서도 현실을 타파해 내는 것에 미약한 의지를 보인다. 언제부터인가 나는 의식의 폭을 넓혀 내 안의 두 가지의 면모를 다 살아내는 통합의 지혜가 절실하다는 것을 알게 되었다.

그래서 언제부터인가 시대의 흐름에 역행하는 사고방식을 고수하는 고지식하고 현학적 고집스러운 사상과 무언가에 빠지거나 치우친 삶을 추구하지 않게 되었다. 현실을 부정하고 중도를 벗어난 삶은 위태롭고, 기울어진 삶은 더는 내게 영향을 주지 못한다.

중간을 지키는 삶, 내가 나를, 나의 감정을,
나의 삶을, 거기를 둔 채 바쁘는 삶,
간극 사이에 놓여있는 것들을 놓치지 않기 위해
중간을 고수하는 삶. 거기서 무엇을 하며 살아갈까,
뭐하기, 때로는 웃고, 미워하고, 좌절하고,
모두가 되니들고, 다시 시간이 흘러 제저로,
감정도 써내기 때문에로 어느날은 별이 들겠지,

오늘도 마음을 지키고자 노력한다

지금, 이 순간까지도 나를 설득하고 있는 감정의 양면을 들여다본다. 나는 세상을 수용하면서도 대체로 불편한 것들을 향해 서 있다. 세상의 진실은 듣고자 하지 않고, 모두가 묵인하는 곳에 있었다. 언제부터인가 나는 세상 모든 반대편을 볼 수 있게 되었고, 나를 현혹하는 다양한 마음이 귓가를 향해 속삭일 때, 말의 달콤함을 걷어내고 그 가장 안쪽의 씁쓸함을 맛본다. 나는 선택적으로 그 목소리를 (그 목소리도) 듣기 위해 노력한다.

✤

부정하고 싶은 현실을 직시하기. 그것이야말로 진실일 확률이 높다. 이 순간 내가 나를 얼마나 속이고 싶어 하는지, 나는 거짓에 홀리지 않기 위해 안간힘을 쓴다. 나의 비대한 이념과 관대함 속에도 책략이 내재되어 있음을 알고 있다. 때로는 우리 자신도 자신이 자신을 속이면서 속고 있는 것이다. 내게 주어진 이 행복과 평온은 모든 고통과 불안의 결괏값이다. 나는 대체로 부정의 힘으로 긍정을 산다. (나를 둘러싼 환경이 다시금 무너져 내릴 때, 동일화하지 않는 진심은 함께 무너져 내리지 않는다.)

언젠가 아무도 저편의 사회적 나를 찾지 않으리라는 걸 안다. 언젠가 모두가 떠난다는 사실을 의심하지 않는다. 그 주변의 온갖 환영은 내가 아닌 그 주변에 의해 형성된 자아니까. 그리하여 나는 여기서 단지 살아남기 위해 생존을 완수한다. 여기서는 아무도 나를 궁금해하지 않는다. 궁금해하지 않기에 나는 나로서 남아있다.

환경에 의해 작용되는 자아는 환경이 변하면 멸한다. 그러나 환경에 휘둘리지 않는 참 존재로서 살아가는 나는 그것과 무관하게 쓴다. 그저 살고, 그저 숨 쉬고 그저 쓸 뿐이다. 그녀가 사라진다고 하더라도 나는 사라지지 않는다 그저 살고 숨 쉬고 쓰며 살아갈 것이기 때문이다.

누군가 이름을 부르며 다가온다고 하더라도 나는 모르는 척으로 일관한다. 나는 이름이 없을 뿐이다. 내가 막 첫 책의 첫 문장을, 두려운 손으로 적어가기 시작했던 그 날의 마음과 눈빛이 얼마나 간절하고 살고 싶어 했는지 그것만을 선명하기 기억한다. 그 시작은 나였다. 온전히 혼자뿐인 고독을 밤새 감내했었던 나였다.

그 마음을 잃지 않으려 한다. 열권을 끄적이는 동안 나는 첫 문장 앞에서 호흡을 가다듬는다. 그녀가 (쓰는 자아가) 계속해서 글쓰기를 바란다.

그리고 또 다른 하나의 존재, 영혼을 획득함으로써 나를 벗어난 존재에 대해서 무거운 책임감을 느끼지를 않기를 바란다. 서툴지만, 커져 버린 영혼이 누군가의 고독 옆에 가만히 누워보도록 그저 내버려 두고자 한다.

— ✤ —

나는 이 삶과 행위를 알기 위해 반드시 나를 분리해 보아야 했다. 나를 벗어난 곳에서 거리를 두고 바라봐야 했다. 나는 어떤 표정과 말투인지, 어떤 걸음걸이인지, 어떤 태도로 살아가는지, 그리고 내가 서 있는 방향과, 그곳이 지시하는 미래는 어디일지까지도 말이다. 결국 내가 나이기를 내려놓는 방식으로 나는 나를 발견하고 나의 방향을 설정하고 있다. 그것이 내가 추구하는 최선의 삶이 되었다.

— ✤ —

그리고 나는 지금에 이르러서야 비로소 삶이라는 거대한

화폭을 완수하는 화가로 살아가고 있다는 것을 깨닫는다. 일부가 어색하거나 돌출되지 않게 나를 하나의 채도와 명도 속에 스며들게 하면서 과거에서부터 미래까지 전체적인 톤을 맞추며 그림을 완성하는 것이다.

그 안에 총과 칼과, 찢어진 살들이 있다, 피와 눈물과 암흑이 있다. 그러나 그것을 멀찌감치 바라봤을 때, 끔찍함보다는 미학적인 아름다움으로 다가온다. 나는 일부가 아닌 전체로서 존재를 호소하고 있다. 선명한 감정의 묘사가 전부가 되지 않도록 나는 언제나 그림에서 멀리 떨어지는 연습을 한다. 숱한 사건이라는 붓 터치가 어떤 그림을 그리고 있는지, 나는 내 삶에서 살짝 벗어나 관객의 입장에서 줄곧 바라보곤 한다. 그리고 한쪽 눈을 지그시 감고, 먼발치에서 이 그림이 어떻게 흘러갈지도 예측한다.

그러나 이 그림은 수십 년째 완성되지 않는다. 완성되지 않은 채 계속해서 지우고 그려지며 변모해 가고 있다. 비로소 그것을 바라보며 나는, 완전무결한 존재가 아니라 결코 완성되지 않는 진행형일 뿐이라는 사실을 알게 된 것이다.

이 삶이라는 그림은 고정된 실체가 아니라, 계속 출렁이는 물결이다. 진리는 흘러가는 모든 것 속에 있다. 진리는 시대를 타고 흐른다. 세상의 규정은 계속해서 변모해 간다. 세상은 급속도로 바뀌고 있고, 정의는 재정의 되며 뒤바뀐다. 정의는 계속해서 낡은 관습이 되었다. 그리고 늘 새로운 운동에 의해 나는 진화한다. 인간은 이 순간에도 인간 너머로 진화해 가고 있다.

그리하여 나는, 인간이 규정한 모든 경계로부터 자유로운 존재자로서 어딘가 끝 없이 흘러 다니며 생존하려 한다. 의미를 부여하거나 질문하지 않고, 그저 모든 것을 지나가 본다. 더는 흐름의 역행자를 자처하지 않기로 한다. 시대의 풍파를 온몸으로 감내하지 않기로 한다.

모든 것을 있는 그대로 관통할 것이다. 피하거나 부정하지 않을 것이다. 산산조각 나더라도 돌파할 것이다, 온갖 것 사이로 바람처럼 통과할 것이다, 완전히 깨부수는 방식으로 깨어날 것이다. 현재로서는 그 방식만을 일관하고 있다.

아마도 나는, 삶의 너머를 혹은, 아무도 건너지 않는
세계의 모습을 발견한 것 같다. 마치 불투명한
마음의 장막이 한 겹 벗겨져버리듯 저 선명해진
삶을 마주한 것 같다. 삶이, 조금 더 가까워진
것 같다. 그러니까 저마다 공포의 뒤편에서,
아무런 작동을 하지 않고 그대로 드러나는 것 같다.
그것은 이 반버둥으로 무방하게, 너무나도 허망하게
허연하다.

이렇듯 그토록 찾고자 했던 진실은, 결국 너무나도 허
망하게 본 모습을 드러내고 있었다.

모든 관성과 습성에서 멀어지기. 나를 의심함으로써 다
다르는 나의 현존을 알아채기. 나를 장악하려는 자아의
손길을 뿌리치기. 망각하지 않기. 안주하려는 세계는 우
리를 현혹하는 환각들로 가득하다는 사실을 망각하지
않기. 무관하기, 그 무엇과도 무관하기.

우리가 모든 것을 기록하려는 마음은, 부재를 거부하는 존재의 속성 때문일 것이다. 그러나 인간은 이 삶이 서사를 가지고 생을 완성한다는 확고함, 그러니까 순간들의 영속성을 믿는 환상으로부터 벗어날 수 없다.

그러니까 우리는 한순간의 생각을 확고히 믿는다. 영원성을 부여할 것처럼. 이 현재를 어떤 불멸하는 상자 안에 그대로 간직할 것처럼. 그러나 모든 것은 잠시 떠오르고 사라진다. 우리의 믿음과 생각도, 상상과 감정도 일어났다가 다시금 사라진다. 잠시 일어났다가 사라지는 속성만이 존재라고 할 수 있다.

나라는 존재는 우연한 생각의 돌발일 뿐이다. 그리고 그 생각은 계속해서 변모하며 사건과 사건, 관계와 관계, 우연히 발현된 모든 환경으로부터 변화한다. 마치 변화 그 자체가 나인 것처럼. 삶은 단지 존재의 흔적일 뿐이다. 그리하여 내일의 나는 언제 이런 생각을 했었는지 의아해할 확률이 높다.
수년이 지나 이 글을 발견하게 된다면, 나는 타인이 기록한 글이라 믿을지도 모른다.

발상은 무의식에 기반을 두고, 나는 매 순간 변모하는 떠올림과 함께 있다. 떠올림은 사라질 확률을 동시에 가지고 있으며 나는 한 시간 전의 생각을 거의 기억하지 못할 가능성이 높다. 그리하여 기록하지 않는다면 나는 이 생각을 완전히 기억의 너머로 잃어버렸을 것이다. 만약 기록하지 않았다면. 이내 잊을 가능성이 높다.

내일의 나는 전혀 다른 삶 위에 도달할 확률이 높다. 아마도 전혀 다른 문장을 시작할 것이다. 그렇게 매 순간 발생하는 사고는 나를 너무나 많은 방향을 지시한다.

삶 안에는 무수한 삶이 잠재되어 있다, 나는 나를 지나쳐 가고 있다. 무수한 나를 뛰어넘어 나아가보고 있다.

나는 이 글을 덮은 후 수개월이 지나 다시 열어볼 것이다. 이 글을 다 쓰고 나서야 나는 이 글을 시작하기 전으로 돌아가 다시 백지 앞에 앉아 있기로 한다. 나는 이제 전혀 다른 글을 쓸 것이다.

—

Alles sind zu mir gekommen und haben mich
verlassen, ohne meinen Willen.

Zeit meines Lebens werde ich jedoch verleben,
wenn die Zeit an einem vorbeigehtund
verschwindet.

Jedesmal kommen und gehen sie wieder,
Ich leide die ganze Zeit.

< 사라지는, 살아지는 >

공에서 —

3

SA 5.26 SU 21.12 MA 5.05 MU 21.28

Die größten Menschen sind
jene die Hoffnung geben
können.
Jean Jaurès,
französischer Historiker

Böse Beispiele verderben
die guten Sitten.
Tertullian,
Kirchenschriftsteller.

19. Mai 2023

n fest;
es Todes Richterschwerdte
...lang der Hoffnung Ueberrest.

Da kam ein Heiland, ein Befreyer,
Ein Menschensohn, voll Lieb' und Macht
Und hat ein allbelebend Feuer
In unserm Innern angefacht.
Nun sahn wir erst den Himmel offen
Als unser altes Vaterland,
Wir konnten glauben nun und hoffen.
Und fühlten uns mit Gott verwandt.

Seitdem verschwand bey uns die Sünde.

비가 내린다, 습기가 창을 넘어 들어와 실내를 무섭게 장악한다. 마치 어둠이 스며드는 것처럼 간헐적으로 내리는 비, 그리고 간간이 타전하는 빗소리, 무언가 써야 한다, 써야 한다는 생각이 내려앉는다. 아무것도 떠오르지 않는 것들이 바닥의 젖은 백지처럼 가장 낮은 곳에서 환하다.

비가 내리면 비를 맞았다,라고 쓴다. 우산이 있어도 단지 비를 맞았다고 상상할 수도 있지만, 그냥 비를 맞았다고 쓴다. 비가 내리는 문장을 읽는 당신은 비를 맞지 않을 확률이 높다. 그럼에도 여기는 비가 내리고, 당신은 비를 맞은 것 같은 기분을 느낄 수도 있다. 당신은 언젠가 비를 맞아본 기억이 있다. 그 기억은 비를 떠올리고, 젖은 머리칼과 젖어서 살갗에 붙은 옷의 촉감을 떠올리고, 계절의 온도와 물의 질감을 떠올릴 수도 있다. 당신은 젖지 않아도 젖거나 어떤 슬픔의 징후를 예감할 수도 있다. 그러나 비가 내리면, 아무런 일이 발생하지 않을 수도 있다.

그것과도 무관하게 비가 내린다. 이곳에 비가 내리면,

나는 이상한 글을 쓸 확률이 높아진다. 그러나 이러한 글이, 젖지도 않은 당신을 젖게 하는 확률도 존재 한다.

나는 어떤 연결성을 말하고 싶다. 이토록 낮은 고백은 주파수를 맞추듯, 빠른 속도로 거리를 넘어 비를 뚫는다. 하늘을 가로질러 이곳에, 그리고 저곳에, 어쩌면 우주의 반대편에 아니 우주의 무한한 공간을 극복하며 어느 날 불현듯, 누군가에 닿아, 극적으로 우리라는 이름이 작동될 때, 활자가 음악으로 변주할 때, 이런 연결을 설명할 수 없지만, 문득 심장이 뛸 때, 내가 모르는 일이 일어날 것 같은 예감 속에서, 미량의 불안과 기대 속에서, 언어는 시차를 가로질러, 도저히 몸으로서는 갈 수 없는 거리에서, 내가 모르는 이를 일어서게 할 힘이 있다는 것을 더 강력하게 믿어 볼 때, 한 사람을 죽어가는 사건 속에서도, 한 사람이 어떻게 살 수 있는지 접근해 볼 때, 나는 문장의 힘을 느낀다. 나는 마음을 어떻게 이롭게 할 수 있을지를 늘 생각한다.

그렇게 비가 내리면, 비가 내리지 않는 마음도 젖을 수 있다.

마음은 내가 살지 않는 저편의 생활이어서 거기에 한 사람을 다정히 놓는 것. 저편에서, 비슷한 감정을 영위하고 있을, 나와 가장 동일한 한 사람이 있다고 믿는 힘으로 이편을 살아보는 것이다.

❖

여기 없는 문장이 실은 한 사람의 마음속에 다 들어 있어서, 우연히 돌출되기를 기다리는 말들이 어딘가에 있어서, 언젠가 또 다른 자아의 옷을 입고 발현될 것이다. 그것은 내 안에 있고, 그것까지 문장이라 부르고 싶다.

❖

때로는 쓸 수 없는 문장에서부터 쓸모없는 문장까지, 나는 살고 있다. 도무지 나갈 수 없는 문장들 속에서. 아무것도 안 써도 아무 일도 일어나지 않는, 아무도 알아주지 않는 세계 속에서 때로는 스스로조차도 의심스러운 행위들, 그러나 아주 작고 사소한 희망의 모래알을 한알 한 알, 옮겨보는 일, 쓸 수 없는 문장과 쓸모없는 문장사이, 커다란 산이 있다고, 물이 있다고, 바다가 있고, 태양도 있다고, 보이지 않아도 믿어야 하는, 모래알만큼의 믿음을 하루 한 알씩 지속하는 일, 그것만이 확실한 방도가 없다며, 그런 무모한 사람의 침묵이 결코 쓸모없는 것이 아니라는 것을 온 몸으로 증명하는 일. 나는 아마, 그런 일을 하고 있는지도 모른다.

여전히 무모하다. 허망하고, 부족하다. 종종, 모든 부족함이 인간의 능력이라는 생각이 들곤 한다. 모든 부족함은 나의 가장 큰 재능이다. 이토록 서툴게, 존재를 증명하기 위해 오랫동안 지껄이니 말이다.

무언가에 매달리는 기분으로 쓸 때가 있다.

그런데, 거기에도 매달리는 이들이 있어서

꼭 붙잡고 있으라 말하게 된다.

매번 제목을 들고서 대자하곤 한다
희망 중에서도 더 희망적인 것을
보여주고 싶다고, 내가 지난 아름다움
중에서도 더 아름다운 것, 그러니까
추악 중에서도 가장 추악한 것을,
슬픔 중에서도 가장 슬픈것을 보여주고
싶다고,

많은 것을 썼으나 아무것도 쓰지 못한 채,

마무리하는 책, 시작도 하기전에

마쳐버린 책,

책장을 넘자 펼쳐진 문장은 이제

당신이 곱씹을 차례이다,

모든 글은 거기에 있다,

이제 나는, 거기서 시작되는 이야기를

듣고 싶다, 그 마음, 내게도 닿았으면 좋겠다.

남은것과 함께 끝까지 남으려,

낡아가는 것과, 천천히 낡아가려,

나의 존재가 거기서

쓸모를 다 할때까지 ──

〈 05. 27. 2023 〉

Rita's Tagebuch

리타의 일기

—

지은이 © 안 리타
메일 an-rita@naver.com
펴낸곳 홀로씨의 테이블

1판 1쇄 발행 2023 년 6월 07일
1판 2쇄 발행 2023 년 12월 07일

ISBN: 979-11-982651-5-9